유월의 어느 시간들

유월의
어느
시간들

장정옥

學而思｜학이사

숨은 그림 찾기

　내 영혼의 책을 한자리에 모았다. 사람들에게 권하고 싶은 책이고, 오래도록 곁에 두고 싶은 책이기도 하다. 책을 읽은 김에 독서기록까지 써보았다. 카뮈, 로맹 가리, 플로베르, 발자크, 루쉰, 버지니아 울프, 귄터 그라스, 피츠제럴드, 마루야마 겐지, 헤르타 밀러, 미시마 유키오, 막심 고리키, 세르반테스까지 모두 내 소설 작업에 말없는 친구가 되어주었고, 조용한 가르침으로 나를 이끌어준 스승들이다. 그들을 한자리에 모실 수 있어서 기쁘다. 이분들 외에도 내게 가르침을 주신 이들이 내 책장에 가득하다. 능력이 되면 그들을 모두 내 영혼의 책장에 모시고 싶다.

　예전에는 어떤 느낌으로 저 책을 읽었는지 생각이 나지 않는다. 책을 꺼내어 한 권씩 읽으며, 밑줄 그은 부분이 지금과 많이 다른 것을 알았다. 책은 읽을 때마다 느낌이 조금씩 다르다. 글이 자라듯 생각도 선인장처럼 자라기 때문일 것이다. 책은 여러 사람이 함께 읽을수록 더 재미있고 의미도 깊어진다. 책을 읽고 독서기록을 쓰는 것은 '느리게 읽기' '깊이 읽기'의 한 방법이다. 산책할 때 느리게 걸으면 더 많은 것을 볼 수 있는 것처럼 책도 느리게 읽으면 더 많은 것을 느낄 수 있다.

〈내 영혼의 책〉이라는 타이틀을 붙여놓고서야 비로소 해야 할 일을 마친 안도감을 느낀다. 독서기록을 핑계로 책 읽는 법을 제대로 배워보고 싶었는지도 모른다. 책을 늘 가까이 둔다는 건, 그 읽기가 소설 쓰기의 중요한 자양분이 되는 것을 알기 때문이다. 처음으로 써보는 산문이고, 픽션과 팩트를 조합한 글쓰기이다. '처음'이란 말이 참 신비롭다. 설레고, 기대되고, 두렵고, 또한 기쁘다. 온 세계가 코로나 19와 투쟁을 벌이는 동안, 마음에 쌓아두었던 책을 꺼내어 읽으며 혼자 된 시간으로 침잠했다. 이런 의도하지 않았던 격리의 시간이 내게 다시없는 기회가 되어주었다.

내게 있어서 글쓰기는 사라진 전설의 섬을 찾아가는 과정이다. 세상이라는 섬 곳곳을 돌아보고, 그곳에 사는 사람들을 만나고, 나무와 풀과 바위와 섬을 둘러싼 바다와 기암괴석에게 말을 걸며, 바다에 잠긴 왕조의 꿈을 더듬어가는 과정은 거의 신비롭기까지 하다. 바닷속 전설의 섬이 푸른 물이끼에 덮여 있다고 상상하면 거짓말처럼 기운이 샘솟는다.

글쓰기가 작가를 마냥 괴롭게만 하는 것이 아니라 그

품속에 감춰둔 신비로움으로 글 쓰는 이를 위로할 줄도 안다. 그것이면 된다. 눈에 보이지 않지만 깊은 물속 어딘가에 사라진 섬이 존재한다는 환상이면 소설을 읽고 쓸 이유는 충분하다.

소설이 나를 위로한다.

내 즐거움을 손톱만큼이라도 나누며 살자는 마음이었는데 내가 더 많은 위로를 받았다. 바다 위로 둥실 떠오를 날을 기다리는 전설의 섬을 생각하며, 앞으로도 섬을 탐사하는 마음으로 글쓰기 작업에 임하련다.

2020년 11월
이곡동 작업실에서

차례

삶으로

침묵은 설명되는 말이 아니라
마음으로 전해지는 것이다.
침묵의 언어를 알아듣기 위해서는
사람 사이의 관계가 강물처럼 깊어져야 하고
흐르는 물처럼 잘 섞여야 한다.

태양, 그 흰빛의 살인

- 알베르 카뮈, 『이방인』

침묵의 서사와 어머니

부조리의 문학으로 알려진 소설 『이방인』은 1942년에 출판되었다. 부조리가 무엇인가? 사르트르의 말에 의하면 부조리는 자연 그대로의 인간과 세계와의 관계이고 세계와 대면하고 있는 이방인이다. 그런가 하면 카뮈는 반항 속에서 자기 자신을 긍정하며, 상황을 제시할 뿐 정당화할 수 없는 성질의 것을 정당화하려 애쓰지 않는 게 부조리의 인간이라고 말한다. 1957년에, 카뮈는 『이방인』으로 노벨문학상을 받았다.

사르트르가 『이방인』에 대해 긴 해설을 썼다. 동시대를 살며 문단文壇 역사상 최고의 거목으로 자리매김한 두 사람, 카뮈와 사르트르는 가까우면서도 먼 사이였다. 기질부터 다른 두 사람은 실존주의 논쟁으로 기어이 결별하고 말았다. 문단 사람들이 카뮈와 사르트르를 실존주의로 한 묶음 하려 들 때마다 카뮈는 두 사람의 이름을 나란히 놓는 것을 이상하게 생각했다. 태양과 바다, 사이프러스 나무숲을 스치는 바람까지 사랑한 자연주의의 작가 카뮈가 말한다. 나는 실존주의자가 아니라고. 자신의 책 『시지프스의 신화』는 실존주의를 반대하는 입장에서 썼다고 한다. 사전적 의미로 실존이 주체로서의 존재자, 세계 내에 존재하는 그 자체를 말함이라면 카뮈의 문학, 정확히 말해서 『이방인』의 주인공 뫼르소는 실존주의와 분명히 구별이 된다. 그럼에도 문학사의 큰 별인 두 사람이 동시대를 살며 친구가 되기도 하고 서로 다른 의견으로 등을 지기도 했다는 사실 자체가 내게는 더할 수 없는 실존의 양상으로 비치는 터여서 부럽기도 하고 경이롭기도 하다.

　카뮈의 소설을 말함에 있어서 결코 떼어놓을 수 없는 두 가지가 있다. 그가 교통사고로 세상을 떠나던 날까지 집필 중이었던 글 『최초의 인간』과 어머니가 그것이다. 카뮈가 어머니를 '엄마' 라고 표현한 것이 너무나 인간적이어서 정겹다. 귀가 어둡고 문맹이었던 어머니! 카뮈 소설의 원형은 바로 그 어머니의 침묵이었다. 카뮈의 마지막 작품 『최초의 인간』 서두에, 산기가 있는 아름다운 알제의 여자가 포도밭이 있는 시골에 이사 오자마자 아기를 낳는다. 비가 오는 날 금방 이사 온 집에서 태어난 아기, 알제의 몽도비에서 태어난 그 아기가 바로 카뮈라고 여겨진다. 잘생긴 카뮈의 얼굴을 보면 귀 먹은 알제의 여자인 그 어머니를 알 것 같고, 이름 없이 죽은 한 젊은 병사도 보이는 듯하다. 카뮈는 아무도 기억해 주지 않는 가엾은 아버지를 병사의 무덤에서 만난다. 그는 한때 아버지였던 병사의 죽음에서 혼돈을 느낀다. 자식보다 나이가 어린 아버지. 그들을 이어주는 것은 생몰연도와 이름, 아버지 자리에 남은 재와 먼지 정도다. 카뮈가 한 살 때에 전투에서 사망한 어린 아버지를 향한 연민이 40년이라는 세월을 뛰어넘어 그들을 가깝게 해준다.

카뮈는 세상을 떠나던 날까지 자전적인 요소가 여과되지 않은 채로 담겨 있는 소설 『최초의 인간』을 집필하고 있었다. 만약 카뮈가 아무 일 없이 잘 살고 있다면 분명히 완성되었을 글이다. 내가 궁금한 것은 수정하는 과정에서 그가 자전적인 요소를 얼마나 걸러냈을까 하는 것이다. 카뮈의 아내 프랑신은 가까운 카뮈의 친구들에게 자문을 구했다. 집필 중이었던 남편의 마지막 원고를 출판해도 될지. 사르트르와 결별하고 나서 프랑스 좌파 지식인들의 공격대상이 되어 무참하게 당하고 있을 때였다. 친구들이 출판을 말렸다. 프랑신은 카뮈의 미완성 원고를 그의 책상서랍에 넣어 보관했다. 『최초의 인간』은 그의 사후 34년이 지난 후에 문학교사였던 딸 카트린을 통하여 비로소 세상에 나오게 되었다. 시대는 변했고, 수많은 독자들이 그 책을 반겼다. 책의 글머리에 "이 책을 결코 읽지 못할 당신에게"라고, 카뮈가 어머니에게 바치는 헌사가 씌어 있다. 치밀하게 밀집된 문장을 보며 나는 침묵 속에 잠긴 책 한 권을 몹시 그리워한다. '끝내 읽을 수 없게 된' 그 책은 카뮈가 갖고 갔다. 작가도 마음에 드는 책 한 권 정도는 갖고 갈 권리가 있다.

　카뮈와 어머니, 그들 모자 사이에 오갔던 말없음표 같은 침묵이 한 편의 소설로 승화되기까지, 어머니와 함께 있으면서도 서로에게 이방인이어야 했던 카뮈와 그 어머니가 안고 살았을 외로움의 무게를 알 것 같다. 뫼르소의 영혼이 부조리한 상황에 지향 없이 흔들렸던 것도 그들의 방에 괸 침묵 같은 절대적 고독과 그 어둠에서 자유롭고 싶은 갈망 때문이었는지도 모른다.『작가수첩 3』에 어머니에 관한 글이 있다.

　엄마는 아무것도 못한다. 책을 읽지도 못한다. 읽을 줄 모르니까. 손가락 때문에 바느질도 못하고 수도 못 놓는다. 귀가 멀어서 듣지도 못한다. 시간이 흐른다. 무겁게, 천천히…….

- 『작가수첩 3』 354p

"엄마가 죽었다."로 시작되는 소설이 온통 태양의 흰빛과 침묵의 언어로 이루어진 연유를 온전히 이해하게 된 것도 위의 문장을 읽고 나서였다. 뫼르소의 침묵은 설명되는 말이 아니라 마음으로 전해지는 것이었음을. 어머니와 카뮈 사이에 태고의 신비처럼 축적되어 온 침묵의 고독은 다중적인 의미를 지니고 카뮈의 소설 전반에 영향을 미친다. 사랑이 바탕이 되어야 해석이 되는 언어들, 말 없는 말의 진위를 알아들으려면 사람과 사람 사이가 강물처럼 깊어져야 하고, 흐르는 물처럼 마음이 섞여서 잘 어우러진 다음에야 비로소 침묵의 말도 알아듣는다.

　서로 이해의 관점이 다르고 세계관도 다른 사람이 모여서 이루어지는 공적사회에서는 더러 설명을 필요로 하는 순간이 있다. 말이 필요한 순간을 침묵으로 대신하다 보면 생각지도 않은 오해가 생기게 마련이다. 뫼르소의 재판을 판결하려는 사람들은 그들이 이해할 수 없는 부분을 친절하게 설명해 주기를 바라지만 뫼르소는 불필요한 말로 그들을 납득시킬 생각이 없다. 뫼르소와 재판관들 사이의 높은 벽은 서로를 이해시키기에 너무 높다. 말의 불필요함을 알아버린 그는 차라리 입을 다물어버린다. 그가 어떤 말을 하든지 재판관이나 배심원들은 그들이 지켜온 관습대로 사건을 매듭짓고 결론 내릴 것을 이미 알고 있으니.

　알제리의 태양

　카뮈를 떠올리면 이글거리는 태양이 먼저 다가온다. 알제리의 태양에 녹아내린 아스팔트가 쩍쩍 갈라지는 장면이라든가, 달음박질로 화물차를 따라잡아 올라앉고는 숨이 넘어가게 웃는 탈주자의 만족스러운 모습, 피부병 앓는 개를 잃은 살리마노 영감의 울음은 소설을 덮고도 머릿속에 아련하게 남는 장면이다. 그렇게 외로움과 무서움에 떨며 개를 그리워할 거면서 살리마노 영감은 왜 그렇게 개를 구박하고 욕지거리까지 해댔는지. 한 몸에 달린 두 얼굴의 사랑과 증오가 바로 부조리가 아닌지. 인물을 풍경화처럼 건조하게 묘사하고 뜨거운 태양을 적대감 어린 눈으로 올려보는 뫼르소의 심연이 소설을 읽는 내내 긴장을 늦추지 못하게 한다.

사형을 앞둔 뫼르소에게 사제가 마지막으로 찾아와서 묻는다. 아무 희망도 갖지 않고 죽으면 완전히 없어져 버린다는 생각으로 사느냐고. 뫼르소는 그렇다고 거리낌 없이 대답한다. 죽음을 앞둔 사람의 대답이 너무 쉽다. 그 말 속에 살고 싶은 의지와 신에 대한 저항 의식을 숨겨둔 것처럼. 사제는 그가 자신의 잘못을 인정하고 신의 사랑에 영혼을 맡긴다고 말해주길 바라며, 돌들의 어둠으로부터 하느님의 얼굴을 보게 되기를 바란다고 했다. 마음의 눈이 멀어서 아무것도 보지 못하는 당신을 위해 기도하겠다는 사제의 말에 뫼르소는 제 속에서 뭔가가 툭 터지는 것을 느낀다. 그는 사제에게 (참고) 참았던 분노를 터뜨리며 목이 터지게 외친다. 어머니의 장례식 때 눈물을 흘리지 않았다는 이유로 사형을 당하게 된들 그게 뭐가 중요하냐고. 사람은 누구나 사형선고를 받는 죄인이라는 뫼르소의 말은, 죽음 앞에서는 누구나 평등하다는 말로 들린다.

사람은 자신에게 얼마나 정직할까?

만약 당신이 생명을 좌지우지하게 될지 모르는 재판정에 피고로 선다면, 과연 자신에게 불리할지도 모르는 증언을 하게 될까? 뫼르소는 사랑하지 않는 여자를 사랑하지 않는 것 같다고 했고, 요양원 문지기가 준 밀크커피를 맛있게 먹었다고 대답했다. 어머니의 장례식 다음 날 여자친구를 만나서 수영하고, 영화 보고 섹스를 나눈 것이 어째서 아랍인을 죽인 재판에서 거론되는지, 그것이 단두대에서 목이 잘려야 할 결정적인 이유가 되는지 그는 납득하지 못한다. 약간의 거짓말을 섞어가며 자신을 변명하고 뉘우치는 기색을 보였으면 배심원들의 동정을 사고, 사형선고라는 돌이키지 못할 결론을 역전시킬 수 있었을지.

만약 뫼르소가 어머니를 외롭게 보낸 잘못을 인정하고 자신을 변명하면 재판관과 배심원들이 목숨만은 살려줄 여지를 보였다고 가정해 보자. 그러면 뫼르소가 그들의 기대대로 머리를 숙이고 잘못을 인정하고 자신을 변명했을까. 때로는 거짓말이 살려는 발버둥으로 비치고, 인간적인 연민을 자극하는 동기부여가 된다고 가정한다면, 거짓말을 하지 않은 죄가 그를 단두대로 끌고 간 결정적인 이유가 되었다고도 볼 수 있겠다.

『이방인』을 한마디로 표현하라면 '빛과 침묵의 서사'라고 해야 할 것 같다. 여름의 빛과 소리를 중심으로 한 묘사가 일관성 있게 이어지며, 주인공 뫼르소를 단두대로 끌고 가는 데 중요한 역할을 한다. 장의사가 관 뚜껑을 닫기 전에 어머니를 보겠느냐고 묻는데 그는 안 본다고 했다. 장의사 인부가 엄마의 나이를 묻는데 정확하게 몇 살인지 몰라서 "그렇죠, 뭐." 하고 얼버무렸다. 그런가 하면 그는 요양원 부근의 나무숲과 집들을 둘러보며 그 고장에서 지낸 어머니의 시간이 '서글픈 휴식시간'과도 같았을 거라고 이해하기도 한다. 머리 위에서 내리쬐는 알제의 뜨거운 태양이 그를 지치게 하고 눈부신 흰빛을 견딜 수 없게 한다.

장례식을 치르는 동안, 엄마의 약혼자로 알려진 토마 페레가 굵은 눈물을 흘리며 우는 것을 뫼르소는 남의 일처럼 쳐다본다. 정작 울어야 할 아들은 사람의 기를 꺾어놓을 만큼 비인간적인 햇빛을 견디며 관자놀이에서 피가 뛰는 것을 견디고 있을 뿐이다. 장례를 마칠 때쯤 그는 열두 시간쯤 실컷 잘 수 있겠다는 생각을 한다. 어머니의 죽음을 슬퍼하는 기색도 없고, 눈물도 흘리지 않는 그를 양로원 사람들이 이상하게 쳐다보지만 그는 그 불편한 시간이 빨리 지나가기만 기다린다. "엄마가 죽었다. 아니 어쩌면 어제. 아마 어제였는지도 모르겠다." 라는 첫 문장만큼이나 부조리한 상황이다. 어느 것 하나 말이 안 되게 틀린 것도 없고 납득 못 할 상황도 없는데, 뭔지 모르게 불편한 것은 사실이다.

하다못해 양로원 문지기가 타준 밀크커피 한 잔까지 그를 사형집행으로 끌고 가는 이유가 되며, 소설의 세부적인 구성에 기여하는 완벽한 짜임새가 감탄을 불러일으킨다. 허투루 봐 넘길 부분이 한 군데도 없다는 점은 그러니까 노벨문학상을 탔지, 하는 진부한 탄식을 함부로 뱉지 못하게 한다. 무엇인가에 매료된다는 건 참으로 즐거운 구속이고 매혹적인 도취이다. 『이방인』을 처음 읽던 순간에도 그렇게 매료되었다. 한동안 그 아름다움에 구속되어 밤잠을 설쳤던 기억이 난다. 『이방인』을 '내 영혼의 책' 1순위로 꼽는데 한 치도 주저하지 않았다. 소설을 관통하는 '부조리'를 이해하기 위해 혼자 골몰했던 시간으로 되돌아간 것이 가슴 설레게 기뻤다.

소설은 읽을 때마다 느낌이 다르다. 그게 소설의 매력이기도 하다. 잘 쓴 소설은 반복해서 읽어도 그 독해력을 견디며 처음과 같은 양의 감동을 준다. 잔인하게 쏟아지는 흰빛이 책 읽는 시선을 밀어내기도 하고 끌어당기기도 하는 느낌도 여전하다. 현재인 것처럼 서사를 풀어가지만 간간이 현재를 한 마디씩 섞어두는 것으로 과거 회상임을 암시한다. 뫼르소를 이루는 침묵의 언어와 이글거리는 태양, 졸음, 빛, 소리와 더불어 소설은 소리 없는 수다로 할 말을 다 하고 있다.

시간이 갈수록 빛의 강도를 더하는 알제의 무더위와 태양은 잔인할 정도다. 더위와 빛이 합세해서 뫼르소를 지치게 하는 상황이 소설의 결정적인 흐름으로 작용한다. 뜨거운 태양이 아랍인을 살해할 이유가 될까하는 의문은 소설이 끝날 때쯤이면 존재가 흐릿해져 있다. 아랍인이 이미 어머니로 변형된 터여서. 뫼르소와 어머니 사이는 그들이 떨어져 있었던 시간만큼 멀고, 그들 사이의 외로움만큼 처연하다. 어머니의 죽음을 맞고도 울지 않는 그를 양로원 사람들이 이상하다는 듯이 쳐다보지만 뫼르소는 울고 싶은 감정의 동요를 못 느낀다. 필요 없는 말을 하지 않고 다만 자유의 질서를 따랐을 뿐인데, 다들 그가 틀렸다고 한다.

침묵이 대신한 말

뫼르소는 평소에도 말을 많이 하지 않는 사람이다. 자신의 생사를 결정하는 중요한 문제인데도 그는 꼭 필요한 말만 할 뿐, 둘러대지도 변명하지도 않으며 사형을 자초한 감이 있다. 그는 다만 아닌 것을 아니라 했을 뿐인데 그 정직함이 재판관과 배심원들을 화나게 하고, 급기야는 계획적인 살인이라는 죄명으로 죽어 마땅한 살인자가 되고 만다. 뫼르소를 재판소로 오게 만든 아랍인의 죽음은 뒷전이고, 오로지 어머니를 중심으로 심의가 벌어지는 부조리한 상황이 그를 당혹스럽게 한다. 죽은 어머니를 만나려 하지 않은 죄, 어머니의 죽음 앞에서 눈물을 흘리지 않은 죄, 무덤 앞에서 묵도를 하지 않은 죄, 장례식장에서 담배를 피운 죄, 장례식 다음 날 여자친구인 마리와 바다에서 수영을 하고 영화를 보고 섹스까지 한 죄가 뫼르소의 목을 자르는 이유가 된다. 보편적인 질서를 무시하고 기존의 관습을 따르지 않은 죄라고 해야 할까.

마리가 자신을 사랑하느냐고 두 번이나 물었다. 그는 두 번 다 사랑하는 것 같지 않다고 대답한다. 여자가 듣고 싶은 말을 해주려는 배려와 상관없이 아닌 것을 아니라고 말한 것을 정직하다고 해야 할까, 아니면 거짓말을 하지 않았을 뿐이라고 해야 할까. 그러면서도 마리가 결혼하자고 하면 결혼은 해도 좋을 것 같다고 생각한다. 뫼르소가 자신의 범행을 뉘우치는 때가 한 번도 없었다는 검사의 통렬한 비난 앞에 그는 끝내 침묵한다. 마지막으로 만난 사제 앞에서 분노를 터뜨리기 전까지.

그렇게 노발대발한다는 것이 나에게는 의외였다. 그에게 나는 다정스럽게, 거의 애정을 기울여, 내가 참말로 무엇을 뉘우치는 일이란 한 번도 없었다고 설명을 해주고 싶었다. 나는 항상 앞으로 일어날 일, 오늘의 일 또는 내일의 일에 정신이 팔려 있었을 것이다.

— 『이방인』 102p

말을 해야 할 상황과 말을 하지 않는 상황이 마지막까지 대치되며 소설의 주제를 극대화시킨다. 총에 맞은 아랍인은 뫼르소와 아무 상관없는 사람이어서 실은 살인의 동기조차 불분명하다. 검사가 아랍인을 죽인 이유를 명확하게 말해 달라고 하는데, 그는 태양 때문이라고 대답한다. 이 부분이 『이방인』에서 가장 큰 쟁점으로 회두되고 있다. 태양은 어제나 그제나 다름없이 제가 가진 체온대로 뜨겁게 열을 뿜고 있었을 뿐인데, 그 알제의 태양이 왜 문제가 되는지. 나는 그 태양과 뫼르소의 침묵을 그냥 하나의 여백으로 남겨두고 싶다. 여백이란 수많은 상상을 만들어내는가 하면 책을 읽는 사람마다 다른 해석을 자아내게도 한다. 나는 그런 다양한 해석과 상상이 부조리문학의 심도를 깊게 만들어간다고 생각한다. 소설은 명확한 해석을 필요로 하는 장르가 아닌 것을 이번에 『이방인』을 다시 읽으며 알았다. 여백이 있어야 상상력이 움직일 여지가 있다.

눈썹에 맺혔던 땀이 한꺼번에 눈꺼풀 위로 흘러내려 미지근하고 두꺼운 막이 되어 눈두덩을 덮었다. (……) 이마 위에 울리는 태양의 심벌즈 소리와, 단도로부터 내 앞으로 뻗어 나오는 눈부신 빛의 칼날을 느낄 수 있을 뿐이었다.

- 『이방인』 66p

발언권을 주는데도 뫼르소는 시간도 늦었고, 자기의
진술은 여러 시간을 요하기 때문에 오후로 미루어주면
좋겠다며 재판을 끝낸다. 그러나 그에게는 더 이상 발
언의 기회가 주어지지 않고, 변호사가 그를 대신해서
"나는……" 하며 발언한다. 재판은 그와 상관없이 진
행되고 뫼르소는 그들 사이에서 완벽하게 이방인이 되
고 만다. 그는 더 이상 말이란 게 필요치 않다는 사실
앞에 침묵으로 응답한다. 그의 말을 들으려는 귀가 없
으니.

사람들은 나를 빼놓은 채 사건을 다루고 있는 것 같았다.
나는 참여도 시키지 않고 모든 것이 진행되었다. 나의 의견
은 물어 보지도 않은 채 나의 운명이 결정되는 것이었다.

- 『이방인』 100p

바다와 한낮의 균형을 깨는 총성이 소설의 구심점이
되었다. 침묵과 소리의 상반된 대비가 집 안 곳곳에 놓

인 등불처럼 빛을 발한다. 늙은이들이 볼때기 안쪽을 빨아서 내는 소리, 바닷가에 울려 퍼지는 총소리. 그를 제로로 만드는 재판소에서 듣는 아이스크림 장수의 나팔소리. 참고 참았다 마지막에 사제에게 터뜨린 분노는 소설을 지배하는 침묵의 상태를 극대화시킨다.

양로원의 들판과 불그레한 빛이 가득 퍼지는 하늘과 언덕, 사이프러스 나무숲 사이로 비치는 저녁 해의 아름다움으로 그는 어머니가 인생이 끝나갈 즈음에 약혼자를 만든 이유를 납득한다. 어머니는 죽음 가까이에서 해방감을 느꼈고 모든 것을 다시 살아볼 마음이 내켰을 거라며, 누구도 어머니의 죽음을 슬퍼할 권리가 없다고 한다. 그러면서 뫼르소는 자신 또한 모든 것을 다시 살아볼 수 있을 것 같다며, 커다란 분노가 고뇌를 씻어준 것처럼 별들이 가득한 밤을 눈앞에 두고, 처음으로 세계의 정다운 무관심에 마음을 연다. 모든 것이 완성되기 위해서, 좀 덜 외롭게 느껴지도록, 사형을 당하는 날 많은 구경꾼들이 와서 증오의 함성으로써 맞아주었으면 좋겠다고 한다.

알제리의 태양을 바다만큼이나 사랑했던 카뮈. 나는

그의 마지막 작품인 『최초의 인간』 한 부분을 펼친다.
거기 어린 카뮈가 있다. 어린 카뮈의 사랑을 소리 내어
읽는다.

　　자크가 악보를 챙겨 가지고 막 나가려고 하는데 아주머
니들 중 한 사람이 어머니에게 자크의 칭찬을 하자 그녀가
이렇게 대답하는 것이었다. 「그래요, 좋았어요. 쟤는 똑똑
해요.」 마치 그 두 가지 말이 무슨 관계라도 있다는 듯이.
그러나 그는 고개를 돌리면서 그 관계가 무엇인지를 깨달
았다. 어머니의 떨리고 부드럽고 뜨거운 시선이 어쩌나 깊
은 뜻을 담고 그를 향하고 있었는지 아이는 뒷걸음질 치며
머뭇거리다가 그만 밖으로 도망쳐 나오고 말았다. 「어머니
가 나를 사랑하고 있어, 나를 사랑한다니까.」 하고 그는 층
계에서 혼자 중얼거렸다. 그리고 그와 동시에 자신도 어머
니를 미친 듯이 사랑하고 있음을, 어머니가 사랑해주기를
전심전력으로 열망해 왔음을, 그러면서도 지금까지 항상
그 사랑의 가능성을 의심해 왔음을 깨달았다.

- 『최초의 인간』 99p

　그 밖에도 어린 시절, 그 황금의 시간을 무제한으로

쓰는 가난한 동네 아이들의 얘기 등, 동네 사람들의 삶의 풍광이 긴 문장에 생생하게 담겨 있다. 서사 중에 넓은 보료처럼 깔린 긴 문장을 탐구하는 재미가 여간 아니다. 작정하고 썼을 법한 그 길고 긴 문장이야말로 끈질긴 숙련과 단련을 필요로 하는 것을. 장문이 길게는 아홉 줄까지 이어지며 문장 공부에 더없는 텍스트가 되어준다.

　유년의 기억을 소환하는 에피소드를 하나 예로 들어본다. 자크가 친구들과 감자튀김을 나누어먹으며 해변에서 실컷 놀다 어둠이 깔릴 무렵에야 집으로 돌아온다. 할머니가 채찍으로 아이를 때린다. 울지 않으려고 애쓰며 울음을 참는 아이에게 어머니가 따뜻한 수프를 주며, 이제 됐다고 한다. 아이는 그제야 참았던 울음을 터뜨리며 울기 시작한다. 엄마가 제 편이 되어주니 맘껏 울어도 되는 것이다. 어른들의 마음이 어떻든 아이는 그저 놀다 왔을 뿐인데 생각지도 않게 매를 맞고 억울했을 수도 있다. 어머니가 준 수프. 그게 매를 맞은 억울함과 함께 아이의 기억에 오래 남을 것 같다. 이런 문장은 글을 읽는 사람을 먼 저쪽으로 데려가는 힘이 있다. 이미 세상을 떠난 사람을 떠오르게 하고 퇴색해

버린 추억을 소환하며. 말로 표현되지 못한, 어머니와 아들 사이의 갈망이 미처 표현하지 못한 사랑처럼 카뮈의 소설 켜켜이 쌓여 있다. 아름답고 처연한 그들 모자 사이에 흐르는 침묵의 서사를 거듭 음미해 본다.

참고자료

『이방인』, 카뮈, 김화영 옮김, 책세상, 1997.
『작가수첩 3』, 카뮈, 김화영 옮김, 책세상, 1998.
『최초의 인간』, 카뮈, 김화영 옮김, 열린책들, 1995.

로맹 가리와 에밀 아자르

- 에밀 아자르, 『자기 앞의 생』

"할아버지, 사람이 사랑 없이 살 수 있어요?"

모모의 물음이 심상치 않다. 로자 아줌마가 자신을 사랑해서 돌봐주는 줄로만 알고 있다 누군가가 자신을 위해 돈을 지불한다는 사실을 알고 모모는 큰 충격을 받는다. '나는 로자 아줌마가 나를 사랑해서 키우는 줄 알았어요.' 로자 아줌마와 자신이, 서로에게 꼭 필요한 존재라고 생각했던 모모는 새로운 사실 앞에 밤이 새도록 울고 또 울었다. 모모에게 그 통찰은 생애 최초의 슬픔이었다.

모모와 함께 자라는 여섯 아이들의 엄마가 모두 창녀지만 그녀들은 일주일에 한두 번씩 자기 아이를 보러 오는데, 모모의 엄마만 아들을 만나러 오지 않는다. 모

모는 엄마가 보고 싶었고 사랑한다고 속삭여줄 사람이
필요했다. 엄마는 끝내 나타나지 않는다. 비로소 모모
는 자신이 버려졌다는 사실을 깨닫게 된다. 정신적인
충격으로 복통에 시달리고 발작을 일으키며, 어린아이
가 자신의 생을 인식해 가는 과정이 너무나 사실적이
다.

　에밀 아자르의 『자기 앞의 생』을 잠깐 살펴보았다.
『자기 앞의 생』은 한 순수한 영혼이 자기 정체성과 존
재의 탐구를 짚어가는 성장소설이다. 내가 에밀 아자
르를 만난 건 소설공부를 막 시작할 무렵이었다. 처음
이 책을 읽고 가장 잘 보이는 곳에 꽂아두고 수시로 꺼
내어 읽었다. 고통과 기쁨을 함께 안겨주는 소설의 흐
름이 소설 쓰기에 큰 가르침이 되어주었다. 인간의 영
혼을 읽게 만드는 소설. 로맹 가리와 두 사람이면서 한
사람이었던 에밀 아자르를 나는 그렇게 만났다. 실은
에밀 아자르를 만나기 전에 로맹 가리를 먼저 만났다.
'새들이 페루의 해변에 와서 죽는 것을 설명해 줄 사람
은 아무도 없다. 새들은 결코 그곳보다 북쪽으로도 남
쪽으로도 가는 일이 없었다. 오직 정확하게 3킬로미터
의 길이가 되는 이 좁은 모래펄에 와서 죽는 것이었다.

어쩌면 그들에게는 이곳이 성지였는지도 모른다.' 새들이 그 바다에 와서 죽는 이유를 설명할 수 없듯이 나역시 그 소설을 온전히 이해할 여력이 없었다. 자살하려고 바다에 뛰어들었던 여자가 늙은 남편과 사라진후 카페까지 텅 비어버린 결말을 놓고 오래 생각에 잠겼다. 꼼지락거리며 죽어가는 새와 카페를 지키던 남자의 사라짐을 망각된 과거의 현시라고 해야 할까. 먼존재로서 그의 앞에 나타난 여자. 그것은 메를로 퐁티의 말처럼 '자신의 실제적 크기를 가진 채 저기 있는대상' 그런 것이 아녔을지. 어쩌면 그 바다는 처음부터비어 있었는지도 모르겠다. 카페가 비정상적인 현시였던 것처럼 새들의 죽음 역시 그런 것이 아녔을지.

　에밀 아자르의 소설을 읽고 나서야 로맹 가리의 심오한 소설을 다시 꺼내게 되었고, 『자기 앞의 생』과 색채가 전혀 다른 소설 『새들은 페루에 가서 죽다』를 다시읽으며 문단의 왕따였던 로맹 가리를 온 마음으로 받아들이게 되었다. 아는 만큼 보고 아는 만큼 받아들이는 게 소설이니. 한 전위적인 작가의 폭이 그다지도 넓다는 사실에 놀라며, 로맹 가리가 여러 개의 필명을 쓸수밖에 없도록 상처 받은 사람이라는 사실에 더욱 고

무되었다.

　로맹 가리는 21세에 첫 소설 『폭풍우』를 발표한 이후 『분노의 숲』으로 비평가상을 받기도 했다. 본명이 로맹 카체브(Roman Kacew)였던 그는 여러 개의 필명을 썼다. '로맹 가리'와 '에밀 아자르' 외에 또 다른 필명이 있었다. 에밀 아자르라는 이름으로 『열렬한 포옹』, 『자기 앞의 생』, 『그로칼랭』, 『솔로몬 왕의 고뇌』 등 네 권의 소설을 펴냈다. 『하늘의 뿌리』로 이미 공쿠르 상을 받았던 로맹 가리는 1975년에 『자기 앞의 생』으로 두 번째 공쿠르 상을 받게 되었지만 시상식에 나타나지 않았다. 그 소설에서 얼핏 로맹 가리를 본 날카로운 눈길도 있었지만 다들 로맹 가리는 그런 소설을 쓸 능력이 안 된다고 잔인한 평가를 했다. 기존의 관념이 지배하는 쉽고 단순한 분석으론 에밀 아자르라는 필명에서 로맹 가리를 절대로 끌어낼 수 없다고 그는 확신했다. 비평가들은 로맹 가리의 소설에 혹평을 가하면서도 에밀 아자르의 소설은 높이 평가했다.(『에밀 아자르의 삶과 문학』) 그것이 로맹 가리가 여러 개의 필명을 쓰게 된 이유이기도 하다.

그는 사람들의 편견이 얼마나 두껍고 단단한 벽인지 충분히 경험한 터였다. 로맹 가리가 사람들에게 함부로 무시당하고 가혹한 평가를 받았던 것처럼 에밀 아자르의 작품까지 덤으로 혹평받는 것이 두려웠는지도 모른다. 그가 에밀 아자르인 것을 알고 있던 가까운 사람들조차 로맹 가리가 죽는 순간까지 그 비밀을 지켜주었다. 그의 아들 디에고 역시.

최우수 단편상을 수상한 소설 『새들은 페루에 가서 죽다』를 읽을 때만 해도 나는 에밀 아자르를 몰랐다. 막 문학을 시작할 무렵이어서 아직 에밀 아자르의 소설에 가닿지 못한 까닭이었다. 에밀 아자르와 로맹 가리가 내게 특별해지기 시작한 것은 『자기 앞의 생』을 읽고 난 후였다. 그 책을 읽고 난 후 거리낌 없이 '내 영혼의 책'에 포함시켰다. 내게는 카뮈의 『이방인』을 비롯해서 나만의 책장에 꽂아두는 특별한 책이 몇 권 있다. 내 생을 이끌어주고, 감화를 주고, 소설을 어떻게 써야 할지 일러주는 책들이다. 『자기 앞의 생』을 그 목록에 추가할 때 몹시 기뻤다.

검은색과 흰색의 조화

『자기 앞의 생』은 창녀였던 로자 아줌마와 창녀의 아들 모모의 만남으로 이루어진 소설이다. 그들의 인연은 로맹 가리의 아들 디에고를 보살피고 사랑해 준 가정부할머니에게서 비롯되었다. 모모는 로자 아줌마가 엘리베이터 하나쯤은 갖추어진 아파트에서 살 만한 자격이 있는 여자라고 말한다. 실제로 디에고도 가정부할머니에게 그런 말을 했다고 한다. 뇌혈증으로 쓰러질 때까지, 로자 아줌마는 늙은 몸으로 엘리베이터도 없는 칠 층 아파트를 힘겹게 오르내리며, 창녀들의 아이들을 키운다. 그녀가 맡아서 키우는 아이가 예닐곱 명이다.

아이 앞에 한 번도 얼굴을 드러내지 않고 돈만 보내는 엄마보다 모모에게는 사랑한다고 말해주는 사람이 절실히 필요했다. 아이 어른 할 것 없이 세상 모든 사람들이 필요로 하는 것이 바로 그 말일 것이다. 사랑만큼 사람을 살고 싶게 해주는 말이 없으니. 로자 아줌마는 엄마 얘기를 해달라고 조르는 모모에게 거짓말로 꾸며서 얘기해 준다.

네 엄마에게는 가진 게 좀 있다는 사람들이 흔히 가지는 편견이 있었던 것 같아. 좋은 집안 출신이거든. 자기가 하는 일을 자식인 네가 알게 하고 싶지 않았던 거야. 그래서 가슴이 찢어질 듯 아팠지만 눈물을 머금고 떠나서는 다시 돌아오지 않는 거지. 그런 직업에 대한 편견으로 네가 깊은 상처를 안게 될까 봐 두려웠던 거야.

- 『자기 앞의 생』 93p

자신이 꾸며낸 얘기에 도취된 로자 아줌마가 우는 것을 보며 모모는 완전히 희거나 검은 것은 없다는 하밀 할아버지의 말을 떠올린다. 흰색은 그 안에 검은색을 숨겨두고 검은색은 흰색을 포함하고 있는 것처럼, 모모는 자신에게 엄마 아빠가 분명히 있지만 없는 것이나 마찬가지라고 이해한다. 엄마 아빠는 아니지만 자신을 사랑해 주는 로자 아줌마의 진심 어린 마음에 위로를 받는다. 슬픔을 억제하지 못하고 밤새워 우는 건 모모가 앓는 외로움의 다른 표현이다. 헛된 맹세라 해도 '네가 가장 소중하다'는 말이 모모는 몹시 그리웠다.

로자 아줌마는, 가족이란 알고 보면 별거 아니라고

말해준다. 집에서 기르던 개를 나무에 묶어놓고 떠나는 사람들이 있어서 버림받는 개들이 삼천 마리씩이나 된다고 말한다. 버림받은 개와 고양이가 거리를 속절없이 헤매며 주인을 기다리고 산을 배회하는 현실에 빗댄 말이다. 로자 아줌마는 아이가 무엇을 필요로 하는지 알기 때문에 모모를 무릎에 앉히고 이 세상에서 가장 소중한 존재라고 말해준다. 그 말이 외로운 지경에 빠져 있는 아이를 위로해 준다. 로자 아줌마 말고는 의지할 곳이 없다는 사실을 깨달은 모모는 송금으로 인한 슬픔을 하밀 할아버지와 대화를 나누며 극복한다. 사람이 사랑 없이도 살 수 있느냐는 모모의 물음에 하밀 할아버지는 모르고 지내는 게 더 나은 일도 있다며 사랑 없이도 살 수 있다고 한다. 그 말에 모모는 또한 번 울음을 터뜨린다. 세상의 바다에 홀로 떠 있는 열 살짜리가 자신의 정체성을 깨달아가는 과정이다.

모모는 엄마 얘기를 하지 않는 조건으로 개를 길러도 좋다고 허락받는다. 모모는 애완견에게 쉬페르라는 이름을 지어준다. 세상의 전부였던 쉬페르를 더 나은 환경에서 살게 해주고 싶은 마음에, 모모는 개를 예뻐하는 부인에게 오백 프랑을 받고 판다. 쉬페르를 부인에게 건네주고 받은 오백 프랑을 하수구에 처넣고 모모는 송아지처럼 운다. 오백 프랑이나 되는 돈을 하수구에 버렸다는 사실에 기절할 듯이 놀란 로자 아줌마가 모모를 의사에게 데려간다. 울고 있는 모모를 보며 의사가 원래 잘 우느냐고 물었다. 로자 아줌마는 절대로 울지 않는 아이라며 얼마나 애를 먹이는지 모른다고 한다. 그러자 의사는 정상적인 아이가 되어가고 있다며 불안증을 없애주는 약을 처방해 준다. '아이가 울고 있잖아요.' 로자 아줌마의 말에 의사는 아이가 눈물을 흘리며 운다는 건 슬픔을 밖으로 배출하는 행위라고 말해준다. 눈물은 슬픔을 치유해 주는 최고의 치료제라고. 모모는 하염없는 눈물을 흘리며 어디로도 돌아갈 수 없는 자신의 막막한 생을 받아들인다. 송금해 오던 보육비마저 끊겨 모모는 전적으로 로자 아줌마에게 떠맡겨진 상태가 되고, 로자 아줌마 역시 뇌혈증으로 더 이상 아이를 키울 수 없는 지경에 이른다. 외로움으로 결속된 두 사람 사이는 혈육 이상으로 단단해진다.

여기서부터 따뜻한 인간애와 휴머니즘을 지향한 소설의 진짜 얘기가 시작된다. 불법체류자여서 사회보장

연금도 받을 수 없는 로자 아줌마를 지켜줄 사람은 모모뿐이다. 모모는 빈민구제소에 끌려가는 것이 무섭고, 로자 아줌마는 의학실험용이 되어 생명만 유지한 채로 식물처럼 살게 될까 봐 두렵다. 로자 아줌마는 식물인간으로 세계 기록을 세운 미국인이 예수 그리스도보다 더 심한 고행을 했다고 믿는다. 죽음을 예감한 로자 아줌마는 자신을 아무도 모르게 유태인 동굴로 데려가 달라고 한다. 칠층 계단을 내려오던 중에 만난 이웃들에게 모모는 로자 아줌마가 이스라엘로 돌아간다고 말한다. 모모는 불안에 떠는 로자 아줌마를 무사히 지하실까지 데려간다. 지하실은 유태인이라는 사실 때문에 아우슈비츠에 갇힌 적 있는 로자 아줌마가 만들어둔 유태인 동굴이었다. 두렵고 무서운 일이 있을 때마다 로자 아줌마는 그 방에 숨어서 안정을 얻곤 했다. 그런 도피처는 누구에게나 필요하다. 불안만큼 사람을 위태롭게 하는 것이 없어서 사람들은 자기만의 도피처를 만든다.

지하실에 도착한 로자 아줌마는 언젠가 이 방이 꼭 필요하리란 걸 알고 있었다며 이제 편히 죽을 수 있겠다고 말한다. 로자 아줌마는 식물처럼 살면서 세계기록을 깨는 일은 없을 거라고 안심한다. 그녀의 죽음을 앞두고 모모는 이해할 수 없는 의문을 떠올린다. 뱃속에 있는 아기에게는 안락사가 가능한데 왜 노인에게는 금지되어 있는지. 두 사람은 서로에게 의지하며 지하실의 유태인 동굴에 숨어 지낸다. 그제야 모모는 이해하게 된다. 로자 아줌마가 그곳에 생활필수품을 갖다 놓고 이따금씩 내려가서 위안을 받곤 하던 이유를. 모모는 썩어가는 로자 아줌마의 시신을 향수까지 뿌려가며 지킨다. 차라리 그녀의 주검을 지키는 것이 빈민구제소에 끌려가는 것보다 낫다고 생각한다.

혼자 되는 것을 몹시 두려워하며 로자 아줌마의 시신과 함께 지내는 모모를 사람들이 마침내 발견한다. 몇 해 전에 우리 주변에서 실제로 그런 일이 있었다. 엄마의 시신을 지킨 아이의 얘기가 신문에 보도되던 날, 나는 모모를 떠올렸다. 있을 법한 허구를 쓰는 게 소설이지만 로맹 가리 혹은 에밀 아자르는 일찍이 그 일을 예견했다. 엄마의 시신을 지킨 아이처럼 모모 역시 로자 아줌마를 지키는 동안 사무치게 외로웠을 것이다.

바다 끝 새들의 무덤

 등단하던 해 봄에 책을 많이 사들였다. 프랑스 6대 문학상 수상 작품집은 그중의 하나였다. 표지 뒷장에 날짜까지 기록되어 있다. 모래언덕과 대양, 수천 마리의 새들이 죽어 있는 페루의 해변은 그 소설만의 정적과 고독을 보여주는 더할 나위 없는 배경이었다. 난바다의 섬을 떠난 새들이 페루의 작은 모래펄에 몰려와서 죽는 이유를 찾아서 로맹 가리의 소설을 몇 번이나 반복해서 읽었다. 책이 가진 심오한 깊이가 나를 놓아주지 않았다.

 페루의 해변 모래밭에 있는 카페. 약간은 낭만적인 그 설정이 마음에 든다. 어쩌면 소설 속의 인물 또한 수많은 가마우지들처럼 그곳에 뼈를 묻기 위해 찾아왔는지도 모른다고 생각하게 된 것은 새들의 죽음이 주는 염세적 분위기 탓일 것이다. 남자는 바다가 보이는 쓸쓸한 카페를 지킨다. 구아노석으로 이루어진 먼 바다의 섬을 바라보던 그는 문득 죽고 싶다는 생각을 한다. "외로움이 때때로 아침이면 이같이 그를 엄습하곤 했다. 숨을 돌리게 해주기는커녕 아주 짓눌러버리는 것 같은 외로움."(『새들은 페루에 가서 죽다』 중에서) 그는 면도를 하던 중 거울에 비친 자기 얼굴을 보며 '내가 바랐던 것은 이런 게 아닌데.' 하고 혼잣말을 한다. 새들이 페루의 작은 모래펄로 와서 죽는 이유를 알 수 없듯이 그는 자신이 사람들과 인연을 끊고 새들의 무덤이 있는 바다로 온 이유를 알지 못한다.

다이아몬드 목걸이와 귀걸이, 팔찌, 반지를 화려하게 걸친 여자가 바다로 걸어 들어간다. 그가 가서 여자를 건져낸다. 여자는 그냥 죽게 내버려뒀어야 했다며 흐느껴 운다. 여자의 바람대로 그냥 죽게 내버려뒀어야 했을까. 무엇을 어떻게 해야 할지 모르는 당혹감에 그는 운명의 힘을 깨닫고 만다. 살고자 하는 의지 같은, 삶에 빛을 던져주는 행복의 가능성과 포기하기를 거부하며 희망에 사로잡힌 자신의 실수까지. 마지막까지 삶의 끄나풀을 잡고자 하는 인간의 본능을 살짝 엿보며 실수라는 말을 음미해본다. 살아가는 도중에 우리는 얼마나 자주 그것과 맞닥뜨리는가.

여자는 여기 이 바라크 세상의 끝에, 사람들이 거의 찾아오지도 않는 카페에 남아 있고 싶어 했다. 그녀의 중얼거리는 소리가 너무나도 다급했다. 그의 두 눈 속에는 너

무나도 엄청난 애원이, 그의 어깨를 껴안고 있는 두 손에
는 너무나도 강렬한 약속이 담겨 있었으므로 그는 갑자기
모든 것에도 불구하고 마지막 순간에 와서 그의 인생을 성
공할 것 같은 느낌을 받았다.

- 『새들은 페루에 가서 죽다』 중에서

그는 여자를 껴안는다. 파도가 부서지는 모래펄에 새
들의 주검은 뒹굴고. 얼굴의 반을 차지하는 여자의 맑
고 커다란 두 눈과 마지막 호흡을 맺고 싶어 하는 간절
함이, 로맹 가리가 사랑한 여자 진 세버그를 연상시킨
다. 진 세버그를 처음 만났을 때 그는 한눈에 빠져들었
다. 배우였던 진 세버그를 위해서 그는 영화를 만들기
도 했다. 진 세버그가 약물 과다 복용으로 죽은 일 년
후에 그 역시 총구를 입에 물고 방아쇠를 당겼다. 유서
나 다름없는 『에밀 아자르의 삶과 죽음』에 로맹 가리
와 에밀 아자르가 한 사람임을 밝혀두었다.

죽음에서 구조된 여자가, 새들이 어디서 오느냐고
묻는다. 그는 새들이 먼 바다의 구아노 섬에서 살다 이
해변에 와서 죽는다고 한다. "새들은 더 남쪽도 더 북
쪽도 아닌, 길이 삼 킬로미터의 바로 이곳 좁은 모래사

장 위에 떨어졌다." 왜요? 라는 여자의 무구한 물음에 남자는 모른다고 대답한다. 새들이 왜 거기까지 와서 죽는지 아무도 몰랐다. 새나 사람이나 죽음의 이유를 누가 알 수 있으랴. 여자가 죽을 곳을 찾아 바다 끝으로 왔듯이 그 역시 알 수 없는 힘에 떠밀려 페루의 바다로 도망쳐 온 것을. 그들이 죽고 싶었던 이유가 명확하지 않듯이 새들이 이 해변에 와서 죽는 이유 또한 설명할 방법이 없다. 죽음은 늘 인간의 인식 밖에 머물고 삶의 경계선 너머에 존재한다. 그는 울고 있는 여자를 보며 행복의 가능성에 가슴이 두근거린다. 그의 내부에서 체념을 거부하고 희망을 잡고 싶어 하는 간절함 같은 열정을 느끼며. 작가는 그것을 손댈 수 없는 바보스러움이라고 표현한다. 결코 말살시킬 수 없는 순진성이라고. 삶의 심연에 숨어 있는 희망이어서 더욱 애틋한 그것이 어쩌면 로맹 가리의 심연일지 모른다는 생각이 든다. 소설 중에 유난히 작가가 많이 비치는 그런 작품이 있다. 그냥 죽게 내버려뒀어야 했다며 울던 여자가 "여기 좀 머물러도 될까요?" 하고 묻는다. 있고 싶은 만큼 있어도 좋다며 그는 여자의 존재를 자기에게로 떠밀려 온 또 다른 고독의 물결로 인식한다. 아홉 번째의 물결이라고.

어쩌면 그들은 세상의 고정관념과 그릇된 비판에 떠밀려 대양의 끝까지 오게 된 작가 로맹 가리의 반영이 아닐지. 진 세버그와 로맹 가리처럼 소설 속의 두 사람 역시 인간들의 잔인하고 파렴치한 질시와 비판을 피해 그들만의 피안이 필요했던 것일지도. 아무도 이해해주지 않는, 이해를 거부하는 인식 앞에 무너지다 못해 바싹 소리가 나게 바스러지다 찾아낸 피난처 같은 그런 곳. 어쩌면 그 피안의 장소는 모든 인간이 추구하는 마지막 바람일지도 모르겠다.

새들의 무덤과 먼 바다 끝으로 와서 죽음을 맞는 가마우지의 무덤이 인물들의 고독을 극대화시킨다. 쓸쓸한 고독감이 주는 울림이 너무 커서 소설이 마음에 버겁게 느껴지기도 한다. 로맹 가리의 소설을 읽다 보면 소설이 주는 무게를 실감하게 된다. 『새들은 페루에 가서 죽다』는 단편소설이지만 심오한 깊이와 무게가 장편소설 이상이고, 『자기 앞의 생』은 장편소설이면서도 단편소설처럼 가뿐하게 읽히며 인물들의 삽화를 눈으로 보는 듯 선명하게 떠올려준다. 『새들은 페루에 가서

죽다』를 명쾌하게 설명하지 못하는 것도 아마 바닥 모
를 그 깊이와 무게 때문일 것이다. 짧은 단편소설이지
만 그 소설이야말로 로맹 가리라는 작가를 이해하기에
더 이상 없는 작품일 거라는 확신이 들 뿐이다. 로맹
가리는 진 세버그를 만나고 3년 후에 『새들은 페루에
가서 죽다』를 발표했다. 그의 소설 속에 진 세버그가
있고, 그의 사랑이 있고, 그들의 삶을 지나간 파고와
갈등이 생생하게 살아 숨 쉰다. 두 사람이 사랑과 별거
를 거듭하던 중에도 로맹 가리와 에밀 아자르는 계속
소설을 발표했다. 수많은 멸시도 받았고 놀라운 작가
의 출현이라며 문단의 기대를 모으기도 했다.

　로맹 가리가 죽기 다섯 달 전에 친구에게 한 말이 있
다. "나는 제대로 평가받지 못한 것이 아니라 무명이었
을 뿐이네." 매우 인상적인 말이다. 따지고 보면 소설
가뿐만 아니라 이 세상 사람들 대부분이 그렇게 무명
의 삶을 살다 가는 것일지도. 로맹 가리의 삶을 한눈에
보여주는 문장이기도 한 『에밀 아자르의 삶과 죽음』
끝부분을 옮겨 본다. 내게는 이 글이 참으로 유서다운
유서로 읽힌다.

문학세계에 혜성처럼 나타난 오촌 조카 에밀 아자르를 약간 질투하고 조금은 슬퍼하고 있는 로맹 가리가 불쌍하다는 말들이 사교계의 저녁 식사 자리에서 흘러나와 내 귀로 들어오기 시작했을 때, 『이 선 너머에서 당신의 티켓은 유효하지 않습니다』에서 나 자신의 쇠퇴를 고백하게 되고……. 나는 그것들을 무척 즐겼다. 안녕, 그리고 감사한다.

- 『에밀 아자르의 삶과 죽음』 중에서

좋은 책은 인간의 영혼을 두드린다. 그런 자극은 많을수록 좋다. 살며 마음이 맞는 사람을 만나듯 영혼을 두드리는 책을 만나는 것도 커다란 행운이라고 할 수 있다. 사람도 책도 인간을 이루는 일부분일 뿐 전부일 수 없지만 그 작은 것들이 모여서 인간 전체를 이룬다고 생각하면 작은 하나하나가 다 소중하다. 마음에 드는 책을 손에 들 때마다 시공간을 초월해서 작가를 직접 만나는 기분이 드는 건 그러한 교감 때문이다. 슬퍼서 아름답고, 아이의 고독이 너무도 절실해서 심금을 울리는 저게 로맹 가리가 내게 주는 선물이라고 생각하면 고맙고 행복하다. 어쩌면 내가 가닿고자 하는 곳

이 바로 『자기 앞의 생』이 놓인 그곳이 아닐까 싶기도
하다.

참고자료

『자기 앞의 생』, 에밀 아자르, 용경식 옮김, 문학동네, 2003.
『에밀 아자르의 삶과 죽음』, 에밀 아자르, 용경식 옮김, 문
학동네, 2003.

춤추는 엠마

귀스타브 플로베르, 『마담 보바리』

『마담 보바리』는 귀스타브 플로베르를 세계적인 작가로 만들어준 소설이다. 불의 전차를 탄 엠마의 사랑과 욕망에 희생되는 샤를르 보바리의 우직한 사랑이 소설의 중심을 차지하고 있다. 실제의 사건을 바탕으로 한 『마담 보바리』는 발자크 이후 최고의 사실주의 소설이라는 찬사를 받았다. 세르반테스의 『돈키호테』에서 착상을 얻었다고 한다. 그리고 보니 엠마의 무모한 질주가 돈키호테와 많이 닮았다. 간질 환자였던 플로베르는 이 소설을 센강 가의 크루아세에 마련한 은둔처에서 썼다.

『마담 보바리』가 출판된 것은 1857년인데 출판 과정에서 범상치 않은 우여곡절을 겪었다. 공중도덕과 미풍양속을 해쳤다는 이유로 책을 찍어낸 출판인이 기소되었지만 변호사 쥘 세나르의 설득으로 감금에서 풀려났다. 비난받아 마땅한 내용이지만 도덕적 교훈을 담고 있다는 쥘 세나르의 변호가 『마담 보바리』를 구했다. 플로베르는 책이 세상에 나가게 된 것이 너무 고마워서 초판본에 변호사 쥘 세나르에게 바친다는 헌사를 썼다.

플로베르는 마담 보바리를 쓰는 동안 관절마디에 납구슬을 붙이고 피아노를 연주하는 것 같았다고 했다. 그렇게 쓴 책이 도덕적으로 불경스럽다고 고소를 당했으니 분노할 만하다. 플로베르는 증권시장에서 운이 따른다면 그 책을 모두 사들여서 불 속에 던져 다시는 그 소설에 대한 이야기를 듣고 싶지 않다고도 했다. 허공에다 주먹질하는 것 같은 그 기분이 짐작된다. 플로베르는 책이란 아이가 만들어지듯 생기는 것이 아니라 피라미드처럼 만들어진다고 했다. 그는 크로아세의 저택에 은둔해서 고뇌로 얼룩진 사 년간의 시간을 보낸 후에야 그 책을 완성할 수 있었다. 소설은 아주 느리게 진행되었다.

소실의 내용을 살펴보면, 선량하고 우직한 샤를르

보바리가 어머니의 요구대로 나이도 많은 집달리의 과부인 뒤비크 부인을 아내로 맞아들이고 토트에 병원을 개업한다. 어느 날 베르토 농장에서 편지가 온다. 다리가 부러진 농장주 루오 씨가 왕진을 와주었으면 좋겠다는 편지였다. 루오 씨의 다리를 고쳐주러 간 샤를르가 루오 씨의 딸 엠마를 만나고는 한눈에 그녀에게 빠져든다. 루오 씨의 치료를 핑계로 농장을 드나들던 중에 뒤비크 부인의 재산을 관리하던 공증인이 돈을 몽땅 털어서 도망가는 사건이 발생한다. 그 일로 충격을 받은 뒤비크 부인이 갑자기 피를 토하며 죽고, 샤를르는 엠마와 재혼을 한다. 샤를르에게 엠마는 여러 모로 완벽한 아내였다. 교양 있는 처신과 주변을 아름답게 장식하는 섬세함을 발휘하며 영육으로 샤를르를 골고루 만족시킨다.

보비에사르의 당데르빌리 후작이 그들 부부를 무도회에 초대한다. 샤를르가 후작의 입 안에 난 종기를 치료해 준 보답으로 그들 부부를 무도회에 초대를 한 것이다. 그 무도회가 엠마의 욕망에 불씨를 당기는 계기가 될 줄 누가 알았으랴. 후작이 엠마의 팔짱을 끼고 그들 부부를 넓은 홀로 안내한다. 상류층의 신세계 깊숙이 들어온 엠마가 자작과 춤을 춘다. 마차를 타고 휙휙 지나치는 모습만 보다 직접 그와 함께 춤까지 추게 될 줄 몰랐다. 그녀의 치맛자락이 자작의 바지를 감으며 정신없이 돌아갈 때 그가 그윽한 눈길로 그녀를 내려다본다. 그녀도 눈을 들어 그를 바라본다. 숨이 가쁘고 얼굴이 붉어진다. 자작이 빠른 속도로 그녀를 이끌며 회랑을 맴돌자 엠마는 어지럼증을 감당하지 못하고 자작의 가슴에 머리를 기댄다. 아쉽게도 엠마의 가슴에 욕망의 불씨만 당겨놓은 채로 그들의 관계는 더 이상 발전하지 않는다.

무도회의 음악과 화려한 장식, 귀부인들의 자유로운 대화에 섞이고 싶지만 그들만의 세계는 벽이 너무 높다. 무도회의 밤이 끝나고 집으로 돌아온 후에도 그녀는 천상을 다녀온 것만 같은 무도회의 하룻밤에서 깨어나지 못한다. 그녀는 파리의 지도를 사고 도시 상류층 여성들이 읽는 신문을 구독하며 그들의 문화를 익힌다. 조르쥬 상드와 발자크의 소설로 지적 교양을 쌓으며 다시 한번 무도회에 초대받을 날을 기다리지만 그 황홀한 밤은 끝내 재현되지 않는다. 아름다우면서

도 속되고, 순수하면서도 이룰 수 없는 꿈의 열정으로
가득 찬 엠마 보바리에게 그날의 무도회는 지겨운 일
상을 비추는 아름다운 광휘였고 천상을 엿본 감동이었
다.

보비에사르에 갔던 일은 마치 폭풍우가 밤 사이 산에다
가 엄청난 균열을 만들어놓듯이 그녀의 생활 속에 구멍을
하나 뚫어놓고 말았다.

- 『마담 보바리』 86p

파리를 향한 아름다운 이상 대신 변화 없이 지루한
나날과 결혼생활의 권태로움이 그녀를 지치게 한다.
무미건조한 일상에 지친 그녀가 탄식을 한다. "맙소사,
내가 어쩌자고 결혼을 했던가?" 이 짧은 탄식이 소설의
주제를 대변한다. 잠깐 엿본 귀족들의 삶이 달콤한 아
이스크림처럼 엠마를 녹여놓았다. 그게 시작이다. 그
녀의 욕망이 무방비한 일탈로 기울어지기 시작한 것
은. 변화 없는 일상의 권태로움에 진저리를 치던 엠마
에게 자작이 꺼지지 않는 불을 지펴놓았다. 더 이상 자
작을 만나는 일이 생기지 않았지만 로돌프와 레옹으로

비롯된 불륜관계가 모두 자작과 춤을 춘 무도회의 환상에서 비롯되었다고 해도 과언이 아니다. 행복했던 순간이 영원을 지배한다.

귀스타브 플로베르는 초고 1788매의 소설을, 1851년에 시작해서 〈르 드뷔 드 파리〉지에 연재하기까지 4년 반이 걸렸다. 스타일의 내적인 힘만으로 지탱하는 책, 주제가 거의 눈에 띄지 않는 책, 최소한의 소재만으로 되어 있는 책을 위해서 초인적인 힘을 발휘한 플로베르의 노력으로 엠마 보바리는 소설의 마지막 장을 덮을 때까지 생생하게 살아 있을 수 있었다. "흔들림 없는 평온과 태연한 둔감"이라든가 "지붕 밑 골방처럼 냉랭하고 소리 없는 거미와도 같은"(『마담 보바리』 70p) 권태에 관한 다양한 표현이 엠마의 상태를 잘 말해준다.

말로만 듣던 무도회를 직접 경험하고, 상류층 여성들을 위한 잡지로 간접경험까지 쌓은 욕망덩어리의 가슴에 파리의 환락에 대한 그리움이 출렁이지만 그것은 소설 속에서나 가능한 환상일 뿐, 한순간도 그녀의 것이 되어주지 않는다. 허황하게 들뜬 균열 사이로 바람둥이 로돌프 볼랑제가 파고든다. 그녀의 관능을 자극하며. 그는 승마를 핑계로 접근해서는 그녀를 숲속으

로 유인한다. 바람둥이들의 상투적인 수법이지만 엠마
에게는 그 뻔한 수작을 막을 만큼의 방어벽조차 형성
되어 있지 않았다. 무도회의 밤이 그녀를 무장 해제시
켜 버렸고, 결혼생활의 권태로움이 마지막 벽을 허물
어뜨렸다. 숲속에서 이루어진 정사 장면의 묘사가 압
도적이다.

> 그녀의 흰 목덜미가 한숨으로 부풀어 올랐다. 그러고는
> 아찔해진 그녀가 온통 눈물에 젖은 채 긴 전율과 함께 얼
> 굴을 가리면서 몸을 내맡겼다. 저녁 어둠이 갈리고 옆으로
> 비낀 햇빛이 나뭇가지 사이로 비쳐들어 그녀는 눈이 부셨
> 다. (······) 벌떼새가 날아오르면서 깃털을 흩뿌려놓은 것
> 처럼 빛의 반점들이 떨리고 있었다. 사방이 고요했다.
>
> - 『마담 보바리』 234p

"그녀의 심장이 다시 뛰기 시작하고 피가 몸속에서
젖의 강물처럼 순환하는" 심리적 변화는 쾌락의 정점
에 이른 모습과 함께 가장 관능적인 장면인데도 플로
베르는 직접적인 묘사를 버리고 햇빛의 눈부심이나 눈
물에 젖은 전율, 새들의 외침소리 같은 자연의 아름다

움으로 문장을 가득 채워놓았다. 이 책의 가치를 드높이는 고차원의 기법이라고 할 수 있다. 말하지 않은 것을 말하고, 보여주지 않으면서 보게 만드는 마술이 실현되는 장면이라고 해야 할 것 같다. 이럴 때 생각나는 것이 플로베르의 일물일어설—物—語說이다. "아름다움은 형태로부터 스며 나오고, 그것에서 사랑과 유혹이 나오는 것처럼 텅 빈 추상으로 떨어짐 없이, 생각은 형태에 의해서만 존재한다." 하나의 대상을 규정하는 말은 하나만 존재한다는 말을 교훈처럼 받아들이며 문장 공부를 하던 것이 떠오른다. 근사한 말이어서 외우곤 했는데 이즈음에는 그 역시 하나의 규정일 뿐이고 묘사는 풍성할수록 좋다는 생각이 든다.

파리를 향한 아름다운 꿈이 권태로움으로 돌변하며 소리 없이 무너지던 엠마는 바닥을 모른 채로 로돌프의 유혹에 빠져든다. 가정도 내팽개치고 정사의 쾌락에 몰두하던 그녀는 마침내 사랑의 도피를 계획하기에 이른다. 사륜마차를 타고 제노아 가도를 거침없이 내달릴 작정이었는데, 용빌을 떠나기로 한 날 로돌프가 변심을 한다. 예정되어 있던 일이었다. 로돌프는 처음부터 그녀를 희롱할 목적으로 접근한 사람이었으니.

그녀의 여행 가방은 갈 곳을 모른 채 놓여 있고 도주를
위해 쓴 경비만 빚으로 돌아왔다. 성 바오로의 말씀대
로, 어쩌면 인간은 고통받기 위해 태어난 것인지도 모
른다.

아, 만약 그녀가 아직 싱싱한 아름다움을 고이 간직하고
있을 때, 결혼의 더러움도 간통의 환멸도 느끼기 전에, 누
군가의 든든한 가슴에 생을 위탁할 수 있었더라면 얼마나
좋았을까. 그랬더라면 미덕과 애정이, 쾌락과 의무가 둘이
아닌 하나였을 테고 행복의 저 드높은 곳에서 밑으로 굴러
떨어지는 일은 없었으리라.

- 『마담 보바리』 324p

주일이 되어 모두들 교회로 갈 때 그녀는 밀밭 사이
의 오솔길을 걸어간다. 로돌프의 변심이 그녀를 수렁
에 빠뜨렸다. 변심의 근원을 알아채지 못한 그녀는 로
돌프의 사랑을 믿었고 자신의 생을 송두리째 바꿀 수
있다고 믿었다. 유혹에 너무 쉽게 빠지는 그녀를 누가
지켜줄 수 있을지. 가슴에 끓어 넘치는 욕망과 사랑에
대한 끝없는 갈증을 누르지 못하고 몰래 남자를 만나

러 가는가 하면, 성적 쾌감에 눈물짓는 이 솔직하고 감정 기복이 심한 여자에게 홀려 책을 놓지 못한다. 스스로도 어쩌지 못하는 심연 속으로 떨어지는 그녀를 지켜보는 것은 적잖은 괴로움을 동반한다. 어이없는 연민으로 안타까워하며.

불의 전차를 탄 엠마의 무한 질주에 비해 그녀의 남편 샤를르 보바리는 또 얼마나 평화롭고 우둔한지. 아내는 그가 야심을 갖고 널리 명성을 떨쳐 이름이 알려지기를 바라지만 그는 시골에서 환자들에게 신뢰를 받는 지금의 상태가 더없이 만족스럽다. 그는 아내가 곁에 있는 것만으로도 행복해서 더 이상의 다른 욕구가 없을 뿐 아니라 아내의 내면에 휘몰아치는 폭풍의 기미도 알아채지 못하고, 그 어떤 혼란의 기미조차 느끼지 못한다. 아내를 믿는다기보다 둔감한 데서 비롯된 고요함과 눈을 뜨고 자는 것 같은 바보스러움이 딱할 지경이다. 설상가상으로 이폴리트의 안짱다리 수술 실패로 환자를 평생 불구자로 만들며 상태가 더욱 악화되고 만다. 위로가 필요한 그가 키스해 달라고 애원하지만 엠마는 저리 가라며 세게 문을 닫고 나가버린다. 문을 너무 세게 닫아서 벽에 걸린 청우계가 박살난다.

엠마와 샤를르의 정신적 사이클이 맞지 않을 뿐이지, 알고 보면 그는 세상에 흔하고 흔한 보통 남자에 불과히다. 틈만 나면 졸거나 잠을 자는가 하면 아내의 간정 변화에 무심한 것까지 보통 남자들의 모습 그대로다. 엠마가 아니더라도 주변의 보통 아내들이 생활에 지치다 못해 무심한 상태에 빠진 남편들을 보며 한숨을 내쉰다고 그녀들을 함부로 나무랄 수 있을까. 그렇다고 해도 방관은 잘못 중에서도 가장 큰 잘못이다. 대부분의 부부들이 그렇게 살기 때문에 샤를르 역시 엠마의 타락에 아무 잘못이 없다고 편들어주고 싶은데, 문제가 그리 간단하지 않다. 엠마의 심정도 이해는 되지만 그 일탈이 지나치게 도를 넘은 것이 문제다. 엠마가 두 남자를 거치고 가정 경제를 바닥에 떨어뜨릴 동안 다른 집에 사는 사람처럼 아무것도 모르고 있는 샤를르의 바보스러움은 결코 작은 잘못이 아니다. 가정도 하나의 작은 사회여서 서로에게 관심을 기울이지 않으면 옆에서 누구 한 사람 죽어 나가도 모르고 마는 것이다.

우직하고 유머 감각 없는 시골의사이지만 샤를르 보바리도 나름대로 열심히 공부하고 노력한 끝에 의사가 된 사람이다. 엠마의 개성을 살리기 위해 샤를르를 바보로 만들었지만 그는 아내가 어떤 방황을 하건 자기 일에 충실했다. 실은 그래야 가정이 온전히 유지된다. 누구 한 사람은 바위처럼 굳건히 자리를 지켜주어야 가정의 평화가 지켜진다. 샤를르의 죄라면 루오 영감의 다리를 치료해 주러 갔다가 그의 딸 엠마를 보고 한눈에 사랑하게 된 것이다. 환자를 핑계 삼아 베르토 농가를 드나들던 중에 아내가 죽었고, 그는 어쩔 수 없이 재혼을 할 수밖에 없었다. 첫 번째 아내가 죽지 않았으면 무미건조할망정 그의 삶이 좀 더 평탄했을지도 모른다.

줄리안 반즈의 책 『플로베르의 앵무새』를 잠깐 살펴본다. 그 책에 엠마의 눈에 관한 재미있는 지적이 있다. 『플로베르: 위대한 작가의 성장』의 작가인 스타키 박사는 그녀의 눈을 갈색으로 묘사했다가 검은 눈으로, 또 다른 곳에서는 푸른 눈으로 묘사한다고 꼬집는다. 그 눈빛의 변화가 꼭 엠마의 심중을 대신하는 것 같기도 하다. 정확한 지적이지만 줄리안 반즈는 비평가들의 그런 지적이 싫다고 한다. 작가는 『마담 보바리』를 여러 번 읽었지만 여주인공의 눈빛이 무지개로

변한다는 사실을 한 번도 깨닫지 못했다고 자백했다. 그것을 꼭 깨달아야 하느냐며 당신은 어땠냐고 묻는다. (『플로베르의 앵무새』 122p) 눈빛의 변화를 못 느끼기는 나 역시 마찬가지다. 스타키 박사의 지적을 읽고 찾아보니 정말 그랬다. 그래도 그런 지적은 재미있다. 몰랐던 사실을 알게 해주니까. 그게 바로 책을 읽는 재미가 아닐지. 엠마의 눈에 관한 묘사를 살펴본다.

그녀에게 있어서 가장 예쁜 것이 눈이었다. 갈색이지만 눈썹 때문에 까맣게 보이는 그 눈길은 천진하면서도 당돌하게 상대를 건너다보았다.

- 『마담 보바리』 29p

그녀의 두 눈이 더 커보였다. 특히 잠에서 깨어나 몇 번이나 눈을 깜박일 때가 그랬다. 그늘진 부분은 까맣고 햇빛을 받은 부분은 푸른색인 그 눈은 연속적으로 겹쳐진 여러 층의 색깔들로 이루어진 것 같았는데 밑바탕은 짙은 색이고 에나멜처럼 반드러운 표면으로 올라올수록 색이 옅어진다.

- 『마담 보바리』 54p

거울에 비친 자기 얼굴을 보며 말한다. '그녀의 눈이 이 토록 까맣고 이토록 깊게 보인 적은 일찍이 없었다.

- 『마담 보바리』 236p

플로베르는 엠마의 눈을 거울의 이미지로 활용한 것 같다. 심중의 변화에 따라, 불빛 또는 자연의 빛에 반사되며 눈동자의 색깔이 다르게 비칠 수 있다. 나는 스타키 박사의 눈빛에 대한 언급을 소설의 디테일에 대한 관심으로 읽었다. 눈빛의 변화를 찾아낸 그 예민한 지적이 매우 밀도 있고 치밀한 독서법으로 여겨졌다.

인물의 성격을 잠깐 살펴보면, 엠마가 욕망의 들끓음으로 늘 깨어 있다면 샤를르는 시도 때도 없이 졸거나 잠을 자고 있다는 점에서 두 사람의 대조적인 성격이 잘 드러나고 있다. 아내가 남자를 만나러 가는데도 샤를르는 잠만 잔다. 엠마의 일탈은 남편에게서 채우지 못한 욕구의 반증이라고 할 수 있다. 지적인 사고와 살아가는 방식, 삶에 대한 기대치까지 다른 남편과 영혼의 일치를 이루지 못한 엠마는 빨간 구두를 신은 카렌처럼 저 홀로 멈출 수 없는 춤을 춘다. 그녀는 춤을 추면서도 보이지 않는 악마에게 제발 멈추게 해달라고

애원했을지도 모른다. 멈추지 않는 수레를 타고 가는
건 누구에게나 두렵고 괴로운 일이니.

　엠마에게는 깨어 있는 남자가 필요했다. 샤를르가 성
실하게 자신의 일을 꾸려가는 가장임에는 틀림없지만
욕망과 사랑, 의식까지 다른 정신세계를 가진 아내를
만족시키기엔 아무래도 역부족이다. 그 역시 새로운
정보를 얻고 지식을 넓히기 위해 의학 잡지를 읽어보
려 하지만 졸음을 견디지 못하고 금방 잠들어버린다.
아내를 따라잡는 게 그로서도 도무지 실현 가능성 없
는 일로 보인다. 그는 아내의 절망과 추락을 끝내 알아
채지 못한다. 아내가 차곡차곡 쌓아둔 로돌프의 편지
도 그녀가 죽고 난 후에야 발견된다. 그쯤 되면 샤를르
는 성실한 가장이기 전에 생각이란 게 없는 사람이거
나, 그도 아니면 알고도 모른 척했거나.

　샤를르도 전혀 노력을 하지 않은 것이 아니다. 그는
권태와 우울증에 빠진 아내를 구하기 위해 안정된 생
활을 버리고 이사를 간다. 그녀의 우울증은 좀 더 본질
적인 것이어서 그 무엇으로도 그녀를 구하지 못한다.
더 심각한 문제는 그녀 스스로도 자신이 무엇을 원하
는지 모른다는 사실이다.

로돌프의 변심에 절망적으로 괴로워하는 그녀에게 레몽이 다가온다. 그 역시 로돌프처럼 그녀를 갖고 싶은 욕망 하나로 다가올 뿐이지만 엠마는 로돌프로 인한 사랑의 슬픔을 달래려는 듯 레몽의 사랑에 기대고 만다. 더하고 덜하고의 차이일 뿐, 로돌프보다 조금 더 순수해 보이긴 하지만 그래봤자 관능을 따라온 욕망의 한 형태일 뿐이다. 엠마가 자살에 이르는 내리막길을 치달을 때조차도 샤를르는 아내의 고통을 보지 못한다.

　엠마는 세상에 존재하지 않는 특별한 인물이 아니라 다수 여인들의 실체이고 어느 시대에나 있을 수 있는 자유로운 여인들의 전형이라고 할 수 있다. 플로베르는 무려 150여 년이나 앞당겨 그 전형을 설정했다. 만약 엠마가 샤를르를 남편으로 만나지 않고 처음부터 자작쯤 되는 남편을 만났으면 그녀는 자신의 삶에 만족하며 행복하게 살 수 있었을까.

　스스로도 억제 못 할 욕구로 갈 수 없는 나라를 그리워하는 엠마가 가엾다. 말을 타고 달려간 숲속에서 흰 목덜미를 젖히며 절정에 이르는 모습도 가엾고, 피아노 교습을 받는다는 거짓말로 샤를르를 속이고 레몽에게로 달려가는 정열도 가엾고, 장님의 노래를 들으며 절망적인 웃음을 터뜨리며 죽는 마지막 모습도 가엾다. 운명은 자학하는 자에게 너그럽지 못하다. 가서는 안 될 길인 줄 알면서도 발길을 멈추지 못하는 것도 자학의 한 양상이다.

참고자료

『마담 보바리』, 귀스타브 플로베르, 김화영 옮김, 민음사, 2000.

『플로베르의 앵무새』, 줄리안 반즈, 신재실 옮김, 동연출판사, 1995.

『발자크와 플로베르』, 김화영, 고려대학교 출판부, 2002.

재치 있는 시골귀족의 마지막 여행
- 미겔 데 세르반테스 사아베드라, 『돈키호테』

1605년, 『돈키호테』를 출간하기에 앞서 스페인 국왕이 바야돌리드에서 칙허장을 보내어 『재치 있는 시골귀족 돈키호테 데 라만차』라는 책을 카스타야 출판사에서 인쇄할 수 있는 허가와 자격을 준다고 발표했다. 왕국 위원회가 책을 교정하고 가격을 정하기 전에는 어떤 방법으로도 인쇄할 수 없으며, 이를 어길 시에는 왕국의 법과 규율에 해당하는 벌금형에 처한다고 했다. "그대, 미겔 데 세르반테스가 『재치 있는 시골 귀족 돈키호테 데 라만차』라고 제목을 붙인 책이 완성되어 모든 사람들이 많은 수고를 덜고 매우 쓸모 있는 책을 우리가 접하게 되었으니, 그대가 요청한 대로 이 책을 인쇄할 수 있는 허가와 자격을 주고, 자애로운 우리

위원회의 취지에 따른 출판인쇄 규율을 성실히 준수한 것으로 인쇄 기간 동안의 특허를 주도록 명한다. 이와 같은 이유로 그대에게 이 증서를 주이 마땅하며, 그것이 정당하다고 생각하는 바이다." 국왕의 명령에 따라 후안 데 아메스케타가 보낸 칙허장의 서두다. 이 칙허장이 얼핏 소설의 일부분 같기도 한데, 소설을 읽다 보면 국왕의 칙허장을 받을 만하다며 저절로 고개를 끄덕이게 된다. 중요한 것은 『돈키호테』의 엄청난 성공에도 불구하고 세르반테스는 여전히 가난에서 벗어나지 못했다는 사실이다. 그것은 종교 문제 외에 사방팔방 해적판이 난무한 탓도 있고, 세르반테스가 가난 때문에 판권을 팔아버린 등의 눈물겨운 사연 때문이다. 작가는 운명적으로 가난을 천형으로 지고 오나 보다.

전편 후편으로 된 책이 무려 천이백 페이지쯤 되고 보니 서사의 내용과 속 깊은 뜻을 제대로 파악하며 읽어내는 것도 만만치 않다. 소설 속의 등장인물이 무려 659명이나 된다. 그중에서 150여 명이 움직이며 서로 대화를 나누는데도 길에서 이웃을 만나듯이 자연스럽게 스쳐가기 때문에 인물이 많다는 걸 느끼지 못하고 읽게 된다. 서사의 방대함에 탄성이 쏟아지는 건 둘째

치고, 정말 놀라운 것은 그 많은 인물 각자가 마지막까지 풍자로 꽉 짜인 서사를 형성함에 충실하게 기여했다는 사실이다. 돈키호테의 광기 어린 행위가 수시로 독자를 웃겨주며 한시도 눈을 떼지 못하게 하는 터라 지루할 틈이 없는 게 가장 큰 장점이다.

이렇듯 수세기에 걸쳐 한 권 나올까 말까 한 명작을 만났으니, 그 가치를 알아본 국왕이 왕실의 권위가 실린 칙허장을 내릴 만하다. 무릇 책이란 이런 위엄을 갖고 세상에 나와야 하는 게 아닌가 하는 생각이 들기도 하지만, 그 권위란 것이 한편으로는 책의 자유를 구속하고 작가의 가난을 배려하지 않는다는 점에서는 별 효용력이 없다는 생각이 들기도 한다. 사람이나 책이나 권위와 관습에 갇히는 순간 존재의 의미를 잃고 마는 것이니.

토마스 모어의 『유토피아』를 읽고 영감을 받았다던가. 통속적인 기사소설을 응징하기 위해 쓴 소설이라지만, 세르반테스가 어떤 마음으로 소설을 썼건 『돈키호테』로 인해서 얼마나 많은 사람들이 기쁨을 느꼈을지, 또 앞으로도 영원히 그 기쁨이 후세 대대로 전해질 거라고 생각하면 '미겔 데 세르반테스 사아베드라' 라는 긴 이름을 가진 작가가 한없이 고맙다.

우리가 알고 있는 소설 『돈키호테』의 원제목은 『재치 있는 시골 귀족 돈키호테 데 라만차』이고, 돈키호테 아비의 이름 또한 '미겔 데 세르반테스 사아베드라' 여서 소설의 제목과 작가 이름을 한 줄에 담을 수 없도록 길다. 『율리시즈』나 『양철북』 외에 도스토옙스키 소설처럼 명성이 높은 고전이 두꺼운 분량만큼이나 어마어마한 서사와 스케일을 자랑한다. 『돈키호테』는 길이, 내용, 친화력, 막강한 서사적 측면을 통틀어서 가장 훌륭한 소설 1위 자리를 차지하고 있다. 그 인기 순위가 무색하지 않게 『돈키호테』는 처음부터 끝까지 해학적이면서도 휴머니즘을 곁들인 내용을 일관성 있게 끌어가며 독자의 가슴에 즐거움과 따뜻함을 듬뿍 안겨준다. 해야 할 말을 망설이지 않는 돈키호테의 용기와 정의로움은 편력기사의 흉내를 넘어서서 진짜 기사로 보이기도 한다. 가짜가 차고 넘치는 세상을 조롱하는 것으로.

작가가 속편을 쓰고 있던 중에 속편의 위작이 출판되어 세상에 돌아다닌 덕분에 세르반테스는 완성을 서두를 수밖에 없었다. 그 위작의 주인이 누군지 모르지만 이런 소설을 갖고 싶은 마음은 이해가 된다. 속편을 완성하고 반 년 후에 세르반테스는 셰익스피어와 같은 날인 1616년 4월 23일 세상을 떠났다. 세계문학사에 굵은 획을 그은 두 사람이 동시대를 살다 같은 날에 세상을 떠난 것이 마치 소설 속의 이야기 같다.

소설은 '알폰소 키하나'라는 이름을 가진 시골 귀족이 기사소설을 너무 읽어 제정신을 잃은 나머지 직접 편력기사가 되겠다며 모험을 찾아나서는 데서 시작된다. 기사소설에 빠지기 전만 해도 알폰소 키하나는 최고급 순모 옷을 즐겨 입고, 양고기보다 쇠고기를 더 많이 넣은 요리를 먹고, 날마다 다른 요리를 즐기느라 수입의 4분의 3을 쓰는 평범한 사람이었다. 고급 옷을 뽐내고 다니던 그 시골 귀족이 기사소설에 빠져 논밭을 팔아가며 소설을 사들인다. 펠리시아노 데실바의 소설에 나오는 편력기사의 삶에 매료된 그는 훌륭한 편력기사가 되어 약한 자를 보호하고 불행에 빠진 사람을 구하겠다는 결심을 하기에 이른다. 그는 증조부들이 쓰던 무기와 투구의 녹을 닦아내고 판지로 앞가리개를 만들어 모험에 나설 준비를 한다. 야윈 말에게 로시난테, 자신에게는 돈키호테라는 이름을 주는가 하면, 소설 속의 편력기사들이 그런 것처럼 사모하는 여인이 있어야 한다며 처녀 농군 알돈사 로렌소를 마음 속 여인으로 삼고 그녀에게 '둘시네아 델 토보소'라는 이름을 붙인다.

모방으로 시작된 삶이지만 돈키호테에게는 이상과 꿈을 향한 도약이었다. 자신이 편력기사를 흉내 내고 있다는 사실을 누구보다 잘 알고 있지만 그는 가짜라는 사실에 아랑곳하지 않고 너무도 당당하다. 그 솔직 담백하고 용기 있는 실천의식이 정신 나간 사람이라는 조롱과 비난을 넘어, 행위의 정당성을 회복해 가는 과정이 매우 흥미롭다.

떠날 준비를 마친 돈키호테가 직접 만든 투구를 쓰고 야윈 말 로시난테를 탄 채로 마을을 떠난다. 사람들이 아직 잠들어 있는 새벽에. 양손에 방패와 창을 들고 새벽 들판을 향하여 걸어가는 그의 앞에 바로잡아야 할 사회적 불평등과 부정, 개선해야 할 폐단이 가로놓여 있다. 그는 길을 가면서 혼잣말을 중얼거린다.

언젠가 나의 유명한 행적이 실록으로 발간될 때, 이를

쓰는 현자는 나의 첫 출발을 이렇게 쓰지 않으면 안 된다.
(……) 세상에 그 이름 드높은 돈키호테 데 라만차는 욕된
깃털 이불을 박차고 세상에 이름난 말 로시난테에 올라 그
이름도 고풍스런 몬티엘의 들판에 이르렀노라.

- 『돈키호테』 34p

　그는 주막을 발견한다. 주막을 성으로 인식한 그가
천천히 다가간다. 정식 기사가 아녔던 그는 우선 기사
서임식을 치르는 것이 급했다. 기사 서임식을 치르지
않으면 합법적으로 모험을 할 수 없었다. 주막에 들어
간 그는 주인을 마구간으로 데려가서 대뜸 무릎을 꿇
고 기사 서임식을 집행해 달라고 부탁한다. 어이없어
하는 주막 주인과 달리 돈키호테는 혼자 진지하다. 비
록 주막에서 이루어진 어설픈 서임식이긴 하지만 돈키
호테에게는 매우 중요한 의식이었고, 스스로가 자신을
기사로 인정하는 의식이기도 했다. 누가 뭐래도 그는
자신이 해야 할 일이 무엇인지, 무엇을 하려는지 잘 알
고 있었던 것이다. 그에게 중요한 것은 머뭇거리지 않
고 하고자 하는 일을 거침없이 해나가는 것이다.
　전편과 후편으로 구성된 이 소설은 일곱 편의 액자소

설로 구성되어 있다. 간혹 1인칭 인물이 등장해서 또 다른 작가인 것처럼 원작자의 실종을 조작하는가 하면, 잡기장 같은 것을 찾아내서 끊겼던 소설을 이어가기도 한다. 9장을 보면 아슬아슬하고 재미있는 대목에서 이야기가 뚝 끊겼다며 갑자기 소설을 중단한다. 그러다 한 소년이 몇 권의 책과 잡기장과 종이뭉텅이를 팔겠다며 가지고 오는데, 소설 속의 1인칭 인물이 길에 떨어진 종이쪽지도 주워 읽는 사람이어서 그 소년이 팔겠다는 잡기장을 펼쳐본다. 아라비아 글자로 된 그 글을 읽어줄 사람을 찾아서 읽어달라고도 한다. 잡기장 첫 권에 돈키호테와 비스카야인의 싸움이 생생하게 담겨 있다며 다시 소설을 진행한다. 이렇듯 다양한 방법으로 이어지는 액자소설을 찾아 읽는 재미도 만만치 않다. 각각 개성이 다른 액자소설을 찾아내는 재미도 있지만 다양성을 추구하는 액자소설의 삽입이 긴 분량에 대한 부담을 덜어주기도 한다.

편력기사 흉내를 내는 것으로 시작된 모험이지만 자신을 온전히 기사라고 믿는 인식이 그를 진짜 기사답게 한다. 궁중에서 임명하는 진짜 기사는 아니지만 그의 의식만은 어느 편력기사 못잖게 책임감 강하고, 의

롭고, 휴머니즘적이어서 따뜻한 인간애로 사람들을 감싸기도 한다. 신비의 영약이나 담요키질, 혹은 와인 자루를 적으로 오인해서 창으로 찔러 와인을 덮어쓰는 등의 어처구니없는 행위가 재미를 주는 건 말할 것도 없다. 그런가 하면 나무에 묶여서 매를 맞는 소년을 구해줄 때는 주저하지 않고 달려든다. 나중에 역효과가 나타나서 소년에게 도리어 원망을 듣게 되지만 그렇다 해도 인간과 정의를 사랑하는 돈키호테의 순수한 의식과 행동에 영향을 미치는 일은 없다.

여러 개의 액자소설 중에 아름다운 산양치기 처녀 마르셀라와 그리소스토모의 이야기가 있다. 마르셀라를 사모하다 죽은 그리소스토모의 장례식에 수많은 사람들이 참석한다. 사람들은 저마다 그리소스토모를 죽게 한 마르셀라를 비난한다. 마르셀라가 장례식에 나타나자 그리소스토모의 친구인 암브로시오가 산속의 잔인한 바실리스크 괴물이라며 그녀를 공격한다. 그녀의 냉담함에 목숨을 잃은 가엾은 친구의 상처에서 흐르는 피를 보기 위해 왔느냐는 말에 마르셀라는 자신을 해명하러 왔다며, 그리소스토모가 받은 고통과 그의 죽음을 자기 탓으로 돌리는 건 부당하다고 한다. 그녀는 장례식에 참석한 사람들에게 긴 하소연을 한다. 자신은 저만치 떨어져 있는 불꽃이고, 멀리 놓인 칼이라며, 자신의 잔혹함이 그를 죽였다고 하기에 앞서 그의 집착이 그를 죽였다고 하는 것이 맞을 거라고 한다.

분명히 약속한 희망에 배신당한 사람이라면 얼마든지 절망해도 좋을 거예요. 제가 제 편에서 승인한 분이라면 자랑을 하셔도 좋을 거예요. 그러나 제가 제 편에서 약속도 하지 않았고, 속이지도 않았고, 제 편에서 부르지도 않았으며 승인도 하지 않은 사람에게, 무정하다느니 사람을 죽였다느니 하는 따위의 말을 듣고 싶지는 않습니다.

- 『돈키호테』 124p

1605년에 출간한 소설에 이처럼 여성으로서의 자기 주장을 분명히 밝히는 인물이 등장한다는 사실이 매우 인상적이다. 그녀는 산양치기로 엄연히 자기 일을 갖고 있으며, 그 일을 매우 사랑하고 있다. 수많은 남성들이 그녀를 원하며 사랑을 고백하지만 그녀는 그들에게 관심이 없으며 자신은 오로지 양을 치며 자연 속에서 살아가는 것이 좋다고 뜻을 밝힌다. 한편으로는 만약에 혼인을 하게 된다면 자신이 사랑하는 사람이 아니면 그 누구도 받아들이지 않겠다고 한다. 마르셀라의 입장에서 보면 혼자 짝사랑하다 죽은 그리소스토모가 인내심이 부족하고 욕망이 지나쳐서 죽었을 뿐인데 왜 정직하고 신중한 자신에게 죄를 뒤집어씌우느냐는 그녀의 항의는 매우 지당하다. 냉정하게 따지면 일방적인 사랑은 사랑하는 자의 책임이지 사랑을 받는 사람의 책임은 아니다.

남녀의 사랑에 관한 이야기가 또 있다. 안젤모와 카밀라, 로타리오가 있다. 안젤모가 사랑하는 카밀라와 결혼을 했다. 어느 날 안젤모가 아내의 정조관념을 시험해 보겠다며 로타리오에게 카밀라를 유혹해 보라고 한다. 안젤모의 무모한 호기심은 아내의 변심을 조장하고 그 누구도 아닌 자기 자신을 죽음으로 몰고 가기에 이른다. 아내를 의심하는 순간 그들의 파멸이 시작되었던 것이다. 세르반테스는 이런 액자소설을 통해서 사랑의 함정 속에 숨겨져 있는 인간의 이중성을 보여준다. 상류층이나 하류층, 여자와 남자 같은 여러 계층을 뛰어넘어 그들의 목소리를 골고루 담아냈다는 점에서 『돈키호테』는 그 가치를 더한다.

액자소설의 형식이 다양해서, 갤리선으로 징역살이를 가는 포로 이야기도 언급해 본다. 징역살이를 가는 죄수 중 하나가 자기 신상 얘기를 썼는데 그 책을 저당 잡혔다고 한다. 나중에 반드시 책을 되찾겠다니까 돈키호테가 그렇게 재미있는 얘기냐고 묻는다. 그러자 죄수가 『히네스 데 파사몬테의 생애』라고 책의 제목을 일러준다. 관리가 조잘거리는 일에 진저리난다며 방망이로 때리려 하자 돈키호테가 끼어들어 항의를 한다.

이 불쌍한 사람들이 저지른 죄는 저세상으로 가서 보상시키면 되는 것이오. 악인을 징벌하고 선인을 가상하게 여기시는 데 빈틈이 조금도 없으신 하느님이 하늘에 계시오. 올바른 사람들이 자기들에게 아무런 은혜도 원한도 없는 다른 인간의 형벌 집행자가 된다는 건 결코 칭찬할 일이 못 되오.

- 『돈키호테』 207p

관리는 대가리에 얹혀 있는 요강이나 똑바로 쓰라며 돈키호테를 내쫓는다. 행여 세 발 고양이 같은 건 찾지 않는 게 좋을 거라는 말에 돈키호테는 '그래, 내가 쥐다 고양이다' 하며 달려들어 관리를 처치하고 죄수들을 풀어준다. 그런데 죄수들은 돈키호테가 정신이 올바른 사람이 아닌 걸 알고는 돌팔매질을 하고 갑옷과 옷을 몽땅 벗겨 전리품으로 갖고 가버린다. 느닷없이 변을 당한 돈키호테는 천한 인간들에게 은혜를 베푼다는 것은 바다에 물을 쏟는 거나 마찬가지라고 한다. 그러면서 그는 산초 판사의 만류를 듣지 않은 잘못을 인정한다.

이렇듯 휴머니즘에서 비롯된 지나친 과오로 억울하게 당하기도 하지만 돈키호테는 전혀 실망하지 않는다. 편력기사는 본래 세상의 고난을 업고 다니는 정의로운 인물이어서 그런 역경쯤은 얼마든지 참을 수 있다고 생각한다. 여러 계층의 사람들을 만나고 다니는 동안 그의 어리석음이 차츰 숭고함으로 바뀌며 그는 자아를 실현하는 실존적 인간이 되어 간다. 따지고 보면 주인공 돈키호테를 광인으로 보게 하는 것은 인간의 자유를 구속하는 인습과 관습일 뿐, 그는 어디까지나 편력기사로서의 삶을 살아갈 따름이다. 보통 인간의 기준을 만들어놓고 그 틀에 맞추려는 습성에 지나지 않은 관습. 다 늦은 인생의 마지막에 번개를 맞듯이 광기에 휩싸인 건 하마터면 평범하게 끝날 뻔한 시골 귀족 알폰소 키하나 생애의 가장 큰 반전이 아닐까 싶다. 한 인간의 마지막 여행으로서 이보다 더 활기차고 멋스러운 걸 상상할 수가 없다.

세르반테스는 절대왕조 시대에 파리 목숨 같은 생명을 지키기 위해 광기 어린 인물과 마법이라는 찬스를 사용했다. 현실과 이상의 경계를 넘나들며 할 말을 다 하는데 광기보다 더 좋은 구실이 있을지. 실제로 돈키호테를 만나는 사람마다 정신이 나간 사람 취급하며 예사로 그를 조롱하고 무시한다. 그런가 하면 돈키호테 역시 엉뚱한 행동과 책에서 배운 지식으로 권위에 찬 귀족들과 성직자를 비롯한 인물들을 풍자와 해학으로 꼬집는다.

오나가나 당하고 피해를 보면서도 그는 포기를 모르는 패기로 웃음을 준다. 산초 판사가 아무리 거인이 아니라 풍차라고 일러줘 봐야 헛일이다. 거인으로 보면 풍차도 거인이 되고 풍차로 보면 거인도 풍차일 뿐이라니 할 말 없다. 사물을 무엇으로 보느냐 하는 것은 보고자 하는 마음의 문제이다. 산초 판사는 돈키호테와 달리 어리석으면서도 나름대로 현실적인 인물이어서 현실과 환상을 구별 못 하는 돈키호테를 말리고 다독이며 동반자 역할을 충실히 해낸다. 인간의 내부세계를 세밀하게 파헤쳤다거나, 돈키호테보다 숭고한 인물은 없다는 등, 유명 작가들의 평가는 소설 속의 인물이 그만큼 생생한 데서 오는 보답일 것이다.

이웃의 만류와 육체적 한계에 부딪쳐 결국 집으로 돌아오지만 돈키호테의 의식만은 여전히 편력기사의 길을 걷고 있다. 사람들은 늘 어딘가로 떠나는 꿈을 꾸고 산다. 지금 자신이 머물고 있는 곳이 아닌 다른 곳을. 그곳은 표범이 얼어 죽은 킬리만자로의 산정일 수도 있고, 한적한 시골길, 혹은 어릴 때 아버지와 함께 걷던 오솔길일 수도 있다. 마음 같아서는 훌쩍 떠나고 싶지만 현실적 여건에 부딪쳐 주저앉으며 인간은 조금씩 죽어간다. 광기에 의존하지 않고는 해낼 수 없는 삶의 편력을 돈키호테는 인생의 마지막에 해냈다. 그의 소원이 길에서 죽는 것이었는지 모르지만 소설을 읽는 사람은 돈키호테와 역할 바꾸기 놀이로 소설적 카타르시스를 느낀다. 돈키호테의 행위가 다소 터무니없이 느껴지지만 적어도 그는 자신이 하는 일의 정당성을 믿었기 때문에 그는 마지막까지 당당하다. 돈키호테가 부러운 건 그것이다. 꿈을 행동으로 옮기고 자신을 믿는 의지.

이웃사람들의 도움으로 집으로 돌아온 돈키호테는 자신의 삶에 당당할 수 있었던 기쁨을 잃고 현실에 패배한 상처로 크게 실망해서 시름시름 앓는다. 수많은 고난이 있었지만 그는 편력기사로서의 황당한 삶에서 생동감 넘치는 기쁨을 느꼈고 세상의 일부가 되어 바람처럼 물처럼 떠돌아다니는 생활에 충분히 만족하고 있었다고 봐야 할 것 같다. 더 이상 돈키호테로 살 수 없다는 사실이 그를 죽게 한다. 행동을 멈추고 자아실현의 의지를 잃은 그는 더 이상 돈키호테가 아니라 알폰소 키하나일 뿐이다. 빨리 일어나서 길을 나서자는 산초 판사의 눈물이 이해된다.

세르반테스는 12편의 단편소설과 중편소설을 수록한 『모범소설』(1613년), 『파르나에서의 여행』(1614년), 『여덟 편의 희극과 여덟 편의 막간극』(1615년) 등 많은 작품들을 남겼다.

참고자료

『돈키호테』, 미겔 데 세르반테스, 김현창 옮김, 범우사, 1991.
『돈키호테』, 미겔 데 세르반테스, 박철 옮김, 시공사, 2004.

삶으로 쓴 소설

- 오노레 드 발자크, 『고리오 영감』

보케르 집

발자크의 소설 『고리오 영감』을 앞에 두면 하숙집의 정겨운 풍경이 먼저 떠오른다. 서민들이 살고 있는 도시 인근의 한 주택에 오래된 4층 건물이 있고, 식당 창으로 조석마다 구수한 밥 냄새가 새 나오는 집. 그런 하숙집은 예전에 우리네 대학가에서 흔히 볼 수 있는 풍경이었다. 나이 지긋한 아줌마가 정성껏 차려낸 집밥으로 하숙생들의 외로움을 덜어주고 어머니의 손맛에 대한 그리움을 달래주기도 했다. 그 하숙집이 이제는 추억이 되고 말았다.

『고리오 영감』의 공간적 배경은 파리의 뇌브 생트 주느비에브 거리에 있는 하숙집이다. 하숙생들은 하숙집

주인 보케르 부인의 이름을 따서 '보케르 집'이라고
부른다. 층마다 하숙비가 다른 4층 건물의 식당에는 하
숙생 외에 인근에서 저녁만 먹고 가는 사람까지 합쳐
서 한꺼번에 스무 명이 앉을 수 있는 큰 식탁이 놓여
있다. 고리오 영감처럼 아래층에 살다 형편이 기울어
져서 위층으로 올라가는 사람도 있다. 위로 올라갈수
록 난방이 취약하고 방이 추레하지만 형편에 맞게 방
을 선택할 수 있다는 게 매우 서민적인 뉘앙스를 갖고
있다. 하숙집은 파리의 화려한 살롱에 대비되는 장치
로, 뭔가 곡절 많은 이야기를 마구 쏟아낼 것 같은 소
설적 분위기를 자아낸다. 어떤 소설이든 누구나 알 듯
한 스토리를 두고, 소설 속의 문장이나 인물의 파란만
장한 생을 음미하고 서로 읽은 것을 반추하며 얘기 나
눌 때 한층 더 풍요로운 것이 된다. 잊고 있던 것을 되
돌아보게 하는 것, 책의 존재 이유가 바로 그것이다.
좋은 책은 반복해서 읽을수록 깊은 맛을 더하니.

소설 앞부분에 세밀한 하숙집의 풍경과 함께 인물을
한 사람씩 소개하는 부분은 눈여겨볼 만하다. 발자크
특유의 '인물 재등장 기법'으로 다른 소설에서 한 번
쯤 봄직한 인물들이 차례로 불려나온다. 인물이 많으

면 소설이 어수선할 수 있는데 발자크의 소설에서는 중요한 인물을 뺀 나머지 인물이 풍경처럼 등장했다 사라지곤 하기 때문에 서로 꼬이고 엉키는 일이 거의 없다. 오죽하면 『인간 희극』 97편의 소설에 등장하는 인물이 2000여 명이라고 하겠는가. 발자크 문학을 총집대성한 『인간 희극』에서 『고리오 영감』은 「사생활의 장면」에 분류되어 있다.

제면업자였던 고리오 영감이 처음 이 하숙집에 들어올 때는 금으로 만든 담배케이스에, 옷장마다 고급 옷이 가득했고 다이아몬드가 박힌 장식품까지 옷에 달고 다녔다. 보케르 부인은 연금도 두둑하고 풍족해 보이는 고리오 씨와 결혼하는 꿈을 꾸기도 했다. 누구보다 따뜻하고 여유로워 보이는 그가 하숙집 사람들에게 미운털이 박히고 말았다. 이유가 뭘까. 그것은 고리오 씨가 고급 마차를 타고 다니는 귀족부인들을 만나고 다니며 돈을 물 쓰듯이 쓴다는 소문이 하숙집에 퍼지며 생긴 현상이었다. 하숙집 사람들은 늙은이가 망령이 들어서 젊은 여자들에게 돈을 펑펑 쓰고 다닌다며 고까워했다. 사람들이 궁금증을 참다못해 그 여자들이 누구냐고 물으면 고리오 씨는 "내 딸이오!" 하고 대답했다. 제면업자였던 그에게 귀족부인 같은 딸이 있을 리가 만무하다며 사람들은 그의 말을 믿지 않는다. 매번 여자가 바뀐다며 딸이 서른여섯 명은 되는 모양이라고 빈정거린다.

무도복을 입은 부인이 하숙집으로 올 때마다 사람들은 세 번째 여자로군, 네 번째 여자로군 하며 숫자를 헤아린다. 그러면 고리오 씨는 내 딸은 두 명이라고 대답한다. 여자의 변화무쌍함을 이르는 말일 것이다. 화려하게 성장한 두 딸이 옷을 바꿔 입고 나타날 때마다 다른 여자로 보이는 착각 때문에 일어나는 오해다. 하숙집 사람들은 고리오 씨에게 정부가 여럿인가 보다며 질투를 숨기지 않는다. 여자들이 드나드는 횟수가 잦아지며 고리오 씨는 매달 천 프랑을 내던 하숙비를 줄여 위층으로 올라가다 마침내 사십오 프랑으로 사층 방에 머물기에 이른다. 그에게서 금시계와 보석이 사라지고 옷차림이 추레해지며 고리오 씨의 표정도 어두워진다. 늙은 난봉꾼의 몰락을 사람들은 대놓고 비웃는다. 하숙집 4년 만에 고리오 씨는 딴사람이 되었다. 그를 찾아오던 부인들이 정말 딸이라면 아버지를 저 지경이 되도록 내버려두지 않을 거라지만 고리오 씨의 몰락은 끝이 없다.

법학을 공부하는 으젠 드 라스티냐크는 사촌 보세앙 자작부인의 초대로 무도회에 초대를 받는다. 그는 이 소설에서 관찰자이자 고리오 씨와 직접적인 관계를 가지는 중요한 역할을 맡는다. 난생처음으로 무도회에 초대를 받아 파리 사교계의 중심을 직접 눈으로 보게 된 남부 청년은 거기서 고리오 씨의 큰딸인 아나스타지 드 레스토 부인과 춤을 추고 그녀를 사랑하게 된다. 그는 레스토 부인에게 다시 만나볼 수 있겠느냐고 물었고, 그녀는 불로뉴 숲이나 뷔퐁 극장 어디서든 만날 수 있다고 대답했다. 보세앙 자작부인의 사촌이라는 말에 레스토 부인은 그를 초대한다. 화려한 사교계 문물에 눈뜬 청년은 부모님께 편지를 써서 돈을 보내달라고 한다. 어머니와 누이들이 보내준 돈으로 그는 옷을 맞춰 입고 법학공부 대신에 살롱을 드나든다. 줄타기 하는 사람처럼 팽팽한 줄 위에서 멋지게 발을 내디딜 수 있다는 위태로운 야심을 갖고.

그가 고리오 씨의 방에서 불빛이 새 나오는 걸 보게 된다. 호기심 많은 그가 열쇠구멍에 눈을 대고 방을 들여다본다. 혹시 노인이 아프지 않은지, 한밤중에 무슨 음모를 꾸미는지 관찰하는 게 사회에 이바지하는 길이라고 하지만 핑계에 불과하다. 그는 강한 호기심을 누르지 못하고 열쇠구멍을 들여다본다. 그의 눈에 노인이 화려하게 조각된 은그릇들을 밧줄로 감는 것이 보인다.

그는 그것을 매우 힘껏 묶었기 때문에 은그릇들이 은덩어리가 되는 것처럼 보였다. 제기랄! 저런 사람이 있어! 밧줄로 금빛 나는 은그릇들을 마치 반죽처럼 짓이기는 노인의 튼튼한 팔을 보고서 이 청년은 생각했다. (……) 고리오 영감은 자기가 만들어놓은 것을 슬프게 바라보았다. 두 눈에서 눈물이 흘러나왔다.

- 『고리오 영감』 49~50p

고리오 씨가 은그릇을 비틀어서 둥근 막대기 모양으로 만드는 장면이다. 돈과 쾌락, 부패의 진흙탕에 빠진 두 딸을 위해 그는 힘들게 뭉친 은덩어리를 금은 세공 상점으로 가져간다. 두 딸이 다녀갈 때마다 노인이 아끼던 귀중품들이 그를 떠난다. 딸이 행복하게 사는 걸 최고의 행복으로 여기는 그에게 딸들은 금전적인 요구를 그치지 않는다. 자매들끼리 서로 경쟁심으로 다툴 때마다 고리오 씨는 안타깝게 소리친다. "내 천사들아, 다투지 마라." 하고. 하지만 그녀들은 가난한 아버지 따위 안중에도 없다. 보세앙 자작부인이 사촌 으젠에게 자매 사이의 불화를 자세히 일러준다.

큰딸은 남편이 귀족이어서 상류사회에 낄 수 있고 궁정 출입도 가능한데 작은딸 델핀(뉘생겐 부인)은 실업가의 아내에 불과해서 상류사회에 끼지 못한 터라 언니에 대한 질투심으로 자매 사이가 더욱 멀어졌다.

사교생활에 방해가 된다며 아버지가 찾아가도 문을 열어주지 않을뿐더러 아는 척도 하지 않는다. 그녀들은 귀족이 아닌 아버지의 초라함을 부끄러워한다. 아버지를 피하고 부끄러워하는 두 딸을 귀족으로 만들기 위해 가진 것을 다 내놓은 고리오 씨의 헌신적인 사랑이 단순한 부성애에 기인한 걸까? 나는 두 딸을 귀족으로 만들고 싶어 한 고리오 씨의 이면이 바로 그의 욕망을 대변한 것일지도 모른다는 생각이 든다. 사업이 잘되어 남부럽지 않게 돈을 모은 그는 돈만 있으면 귀족으로 살 수 있다고 생각했던 게 아닐지. 돈이란 온갖 수작을 다 벌이는 마녀와 다름없으니. 그 귀족이란 게 뿌리로 이어져 온 풍속이어서 벽이 얼마나 높고 두터운지 알면서도 그는 두 딸이 원하니까 목숨을 팔아서라도 소망을 이루어주고 싶었을 것이다.

착한 사내의 죽음

김화영 님의 『발자크와 플로베르』를 보면, 1834년 9월의 메모집에 발자크가 『고리오 영감』의 작품 계획을 언급한 문장이 있다. "착한 사내(부르주아 하숙에, 600프랑의 은급을 받는)가 둘 다 5만 프랑의 은급을 받는 딸들을 위하여 가진 것 모두를 털리고 개처럼 죽는다."는 기록이다. 고리오 씨는 5만 프랑의 은급을 받는 딸들을 위해 겨우 600프랑의 은급을 팔아치운다.

그 소설을 구상하며 발자크가 한스카 부인에게 편지를 쓴다. '모욕을 당해도, 상처를 입어도, 부당한 대접을 받아도 다하지 않는 어떤 감정'을 그리고자 했다며 '기독교도로 말하자면 성인이나 순교자에 맞먹을 만큼 아버지 노릇을 하는 한 사내'라고 썼다. 고리오 씨가 독자를 괴롭혀 가며 그토록 두 딸들에게 헌신적이어야 했던 이유가 밝혀진 셈이다.

두 여인은 그녀들이 아버지를 부인했듯이 서로를 부인하고 있어요. 그래서 뉘생겐 부인은 내 살롱에 올 수만 있다면 생 라자르에서 그르넬 거리 사이의 모든 진흙을 다 핥으려고 할 거예요. 그녀는 드 마르세가 자신의 목적을 달성해 주리라 믿고서 그의 노예가 되어 그를 귀찮게 굴었어요.

- 『고리오 영감』 110p

그녀들이 가진 탐욕스러운 욕망의 끝이 어디일까. 델핀은 상류층에 끼어 보겠다고 남자에게 매달려 이용당하는 것도 모자라서 버림까지 받아가며, 사생결단을 하듯이 사교생활에 목을 맨다. 19세기 파리문화의 극단적인 현상을 보는 것 같아서 씁쓸하다. 하지만 그제나 이제나 변한 게 별로 없다. 있는 이와 없는 이들 사이의 벽은 늘 존재했고, 그들만의 세계로 진입하기 위한 욕망의 사투 또한 현세대에도 여전히 진행 중이니.

시새움과 질투에 눈이 먼 고리오 씨의 두 딸이 무도회와 고급 사교생활을 위해 아버지의 연금 공채까지 빼앗아가는 장면이 오노레 드 발자크 시대의 일 같지만 않다. 서로를 잡아먹으려는 약육강식의 세계는 혈

육도 지인도 소용에 닿지 않고, 바라보는 세계가 화려할수록 치닫는 욕망의 강도는 드세기만 하다. 고리오 씨의 두 딸은 오로지 사교계의 별이 되는 것만 중요하고, 부모형제의 정은 그저 물질적으로 도움이 되느냐 마느냐에 효용가치가 있을 뿐이다. 그 정도면 삶이란 정글의 세계와 다를 바 없다. 여자나 남자나 모두 어느 집 무도회에 초대를 받느냐 못 받느냐에 생의 목적을 두는 현상이 우습기도 하고, 어처구니없기도 하다. 발자크의 소설은 사실주의 기법대로 삶이 그대로 소설화되었다고 할 수 있다. 발자크 역시 돈 때문에 글을 쓰며 평생을 빚에 쫓겨 다닌 사람이었으니.

하숙생 으젠이 고리오 씨의 둘째 딸 델핀에게 정신이 팔려 있는 것을 알고 고리오 씨는 딸을 잘 보살펴 달라며, 자신을 사람 취급도 하지 않는 사위들보다 으젠을 더 믿고 의지한다. 두고 볼수록 이상한 시대다. 결혼의 여부와 상관없이 남편은 아내의 남자를 간섭하지 않고 아내는 남편의 여자를 간섭하지 않으며, 남녀가 연인을 가지는 게 너무나 당연하고, 심지어는 늙은 아비조차 딸의 남자를 인정할 정도이니, 사회가 열렸다고 해야 하나, 방탕하다고 해야 하나, 아니면 사교계나 살롱문화가 본래 그렇게 퇴폐적이라고 해야 하나. 결혼은 다만 신분상승과 경제적 안정을 위해 필요한 기프트 카드 정도의 효능뿐인지.

마침내 죽음에 이른 고리오 씨의 장례를 치르지만 큰 딸 나지가 잠깐 얼굴을 비치고 갈 뿐, 두 딸이 없는 자리에서 으젠이 장례비를 대고 크리스토프와 장례를 치른다. 딸이 보낸 심부름꾼과 사위들이 보낸 빈 마차가 장례행렬을 따라간다.

발자크는 이렇듯 『고리오 영감』에 19세기 상류층 사교계의 풍속을 담아냈다. 사실주의문학의 대가답게 상류층 부인들의 삶과 살롱문화를 눈으로 보는 듯이 세밀하게 그려낸 이 소설 역시 여러 가지 풍속을 다룬 『인간 희극』의 일부에 속한다. 발자크의 대표작으로 『골짜기의 백합』, 『시골 의사』, 『외제니 그랑데』, 『잃어버린 환상』 등 뛰어난 작품이 많지만 그의 문학사에서 손꼽히는 대작 『인간 희극』을 빼놓을 수 없다. 그가 가장 오랜 시간과 정성을 기울인 대작 『인간 희극』을 쓰기 시작한 것은 1842년이다. 지방 생활, 파리 생활, 시골 생활을 골고루 담아서 「풍속 연구」, 「철학적 연구」,「분석적 연구」세 분야별로 나눈 『인간 희극』을 137편으로 채우려 했으나 97편 17권에 그쳤다. 『인간 희극』이 간행된 것은 1849년이다. 그 후 발자크는 남은 생을 한스카 부인 곁에서 지내다 1850년에 생을 마쳤다.

처음으로 운문 비극 『크롬웰』을 발표하며 발자크는 자신의 작품이 모든 왕과 민중의 애독서가 되기를 바랐지만 아쉽게도 그 작품은 별로 좋은 반응을 얻지 못했다. 그 후 스물두 살 무렵의 발자크는 돈을 벌기 위해 질이 낮은 소설을 쓰기 시작했다. 돈이 떨어져 집으로 들어갈 수밖에 없었던 발자크는 누이의 방에서 소설공장을 차리고 여러 개의 가명으로 저급한 소설을 써댔다. 처음으로 쓴 소설이 『비아그라 상속녀』였다. 그는 수많은 가명을 준비해서는 저질소설에 붙여 팔았다. 한시바삐 돈을 벌어서 양친의 집에서 벗어나 자유를 찾겠다는 노력이었다. 자기 소설에서 찢어낸 넝마 조각으로 남의 소설을 깁고, 다시 남의 소설에서 플롯과 상황을 훔쳐내서 자신의 졸작에 이용했다.(슈테판 츠 바이크, 『발자크 평전』) 『올빼미당』과 『마법 가죽』으로 프랑스 문학의 거물이 된 다음에도 그는 저질 소설에 대한 유혹을 끊지 못하고 뒷문으로 드나들었다. 그러면 서도 그는 진짜 소설을 위한 주제와 주변세계를 사실적으로 그릴 준비를 갖추었다.

그는 경박하고 낯선 문필가들에게서 베낀 프레스코화 기법이 아니라, 작고 눈에 잘 띄지 않는 참된 세부묘사가 위대한 소설에 설득력 있는 생명력을 제공한다는 사실을 발견하였다. 진실성과 성실성 없이는 예술이 생겨나지 않으며 인물들은 직접적인 주변세계, 대지, 풍경, 그리고 시대의 환경과 특별한 공기와 결합해서 보여주지 않으면 절대로 실제로 작용할 수 없는 법이다. 자신의 첫 작품과 더불어 사실주의자 발자크가 시작된다.

- 슈테판 츠바이크, 『발자크 평전』 중에서

아들이 뭔가가 되기를 원했던 발자크의 아버지는 온갖 가짜 이름으로 소설을 쓰는 아들을 보며 "걔가 자기 포도주에 물을 타고 있는 거야." 하고 말했다. 그 위대한 발자크도 젊은 한때 자신을 그렇게 팔아넘겼다. 그 당시 소책자며 신문사, 하다못해 광고문까지, 돈이 되는 일이면 무엇이든지 했을 때여서 실은 그가 얼마나 많은 글을 썼는지 다 찾아낼 수가 없다고 한다. 오로지 돈을 벌기 위해서. 그 당시 발표된 글의 일부는 작가 스스로도 자기작품이 아니라고 부정할 정도였다.

가짜 이름으로 써내던 저질소설을 그치고 진짜 자기 이름으로 소설을 쓰기 시작한 것이 1829년 3월 『올빼미당』을 발표하고부터였다. 발자크의 이름으로 소설을 발표하며 파리의 살롱을 드나들기 시작했다. 『마법 가죽(나귀 가죽)』을 발표하며 발자크는 자신의 이름 앞에 귀족 칭호인 '드'를 사용했다. 『마법 가죽』을 기점으로 그는 자신의 소설에 대한 원대한 이상을 밝힌다. 그는 날카로운 비판력으로 상류층과 하류층, 빈곤과 부, 결핍과 낭비, 천재와 시민계급, 화려함과 욕망을 골고루 갖춘 파리의 살롱문화, 돈의 힘과 그 무능력을 뒤섞어서 사회 전체를 관통하는 횡단면으로서의 소설을 목적으로 삼았다.

결국 살롱문화가 발자크의 소설을 정점에 올려놓는 데 크게 기여한 셈이다. 발자크는 늘 앞문과 뒷문이 있는 집에서 살았다. 평생 빚에 쫓겨 살고 여자도 좋아했기 때문에 언제라도 뒷문으로 달아날 수 있어야 했다. 사교계를 부지런히 드나들며 사랑에도 충실했고, 사업도 잘 벌였던 발자크는 망하기도 잘 했기 때문에 늘 빚에 쫓겼다. 그 와중에도 정열적으로 소설을 썼다. 사치스러운 생활과 화려함을 좋아한 반면에 미술품 수집에 몰두하기도 했던 작가 발자크는 온 정열을 다해서 써낸 소설과 함께 후세 대대 기록될 소설로 이름을 남겼다.

참고자료

『고리오 영감』, 오느레 드 발자크, 박영근 옮김, 민음사, 2003.
『발자크와 플로베르』, 김화영, 고려대학교 출판부, 2002.
『발자크 평전』, 슈테판 츠바이크, 안인희 옮김, 도서출판 푸른숲, 1999.

유월의 어느 시간들

- 버지니아 울프, 『댈러웨이 부인』

단 하루의 이야기

버지니아 울프의 소설 중에 하루의 일을 그린 소설이 있다. 파티를 위한 하루. 그 하루는 댈러웨이 부인의 일생을 압축한 시간이기도 하다. 댈러웨이 부인에게는 삶에 대한 애틋한 사랑이 있다. 파티를 위해 꽃을 사러 가는 여인은 세상의 움직임을 물방울의 흐름처럼 섬세한 시각으로 지켜본다. 찢어진 드레스를 깁는 행위마저도 그녀에게는 오늘이라는 빛나는 순간으로 이어진다. 오늘의 끝에 파티가 있다. 삶과 죽음의 경계인 것처럼. 하루를 정리하듯이 파티 중에 셉티머스의 죽음이 껴든다. 그녀는 셉티머스의 영혼에 이입되어 죽음을 체험한다.

버지니아 울프의 소설을 말하려니 『자기만의 방』을 그냥 지나칠 수가 없다. '여성이 픽션을 쓰고자 한다면 돈과 자기만의 방이 있어야 한다.' 버지니아 울프는 한 여성이 방에 들어갈 때 어떤 일이 일어나는지 말할 수 있으려면 언어 자원이 더 늘어나고, 기존의 틀을 깬 모든 단어가 날아올라 새롭게 태어나야 한다고 말한다. '방이 저마다 다르다며 자기만의 방은 어느 거리 어느 곳에 있든 그 방에 들어가기만 하면 극도로 복잡한 여성성의 힘 전체가 얼굴로 날아든다.' 여성의 독립과 자유를 이르는 이 말은 버지니아 울프의 명저 『자기만의 방』에 나오는 문장이다. 이 책은 픽션fiction을 쓰는 작가에게 가장 필요한 것이 무엇인지, 여성의 사회적 경제적 독립을 위한 삶의 조건을 명확하게 일러주기도 한다. 책과 멀리 떨어져 있는 사람도 버지니아 울프가 어떤 소설을 썼는지는 몰라도 『자기만의 방』은 웬만큼 알고 있다. 그러면 자기만의 방이 내포하는 진정한 의미는 무엇일까? 그것은 여성의 억압된 자아가 혼자만의 공간과 경제적 능력을 가지며, 정신적 자유와 함께 독립된 개체로 홀로 설 수 있는 조건을 갖춘다는 말일 터이다.

『자기만의 방』이 세상에 나온 것은 1929년이다. 그에 앞서 1913년 『출항』을 발표하고 본격적인 작품 활동을 시작해 『댈러웨이 부인』, 『세월』, 『등대로』, 『올랜도』, 『파도』, 『3기니』 등 꾸준한 문학 활동으로, 버지니아 울프는 소설가이면서 비평가로서의 명성을 얻었다. 버지니아 울프는 비평가이고 철학자였던 아버지의 서재에서 책을 읽으며 자신만의 세계를 쌓아올렸다. 13세 때 어머니가 세상을 떠나고부터 신경쇠약 증세를 보이기 시작했고, 아버지마저 세상을 떠나자 두 번째 정신착란 증세로 투신자살을 기도했다. 개인적인 어려움에도 불구하고 케임브리지 출신의 젊은 지식인들과 '한밤중의 모임' 이라는 이름으로 모여 지적 토론을 벌이기도 했던 버지니아 울프는 평생 정신질환으로 고통을 받다 41세에 주머니 가득 돌을 집어넣고 우즈 강으로 걸어 들어가며 생을 마감했다.

마이클 커닝햄의 소설 『세월』을 원작으로 한 영화 〈디 아워즈〉에 『댈러웨이 부인』의 클러리서가 나온다. 버지니아 울프, 클러리서, 로라 이렇게 세 여자가 같은 시간을 살고 있는 것 같지만 사실은 서로 다른 공간에서, 다른 세대를 살고 있는 이야기이다. 그 영화에서는

1923년의 버지니아 울프가 『댈러웨이 부인』을 쓰고, 1951년의 로라가 그 책을 읽고, 2001년 뉴욕에서 사는 클러리서라는 편집인이 있다. 마이클 커닝햄은 버지니아 울프의 전기를 토대로 『세월』을 썼다고 했다. 세 여자를 묶어주는 것이 바로 시계다. 서로 다른 곳에서 울리는 시계가 서로 다른 세대를 살고 있는 세 여자를 동시에 깨운다. 영화가 그런 것처럼 버지니아 울프가 소설 속에서 매우 중요하게 여기는 부분이 또한 시간이고 시계다.

파티는 삶이다

댈러웨이 부인은 유월의 아침을 온몸으로 느끼며 신선한 대기 속을 걸어 꽃을 사러 간다. 그녀는 파티를 사랑하고, 파티는 곧 삶이다. 그녀는 삶을 향해 큰소리로 말한다. 그게 살아가는 이유라고. 꽃집으로 가는 길에 만나는 자연풍경이나 거리를 지나는 사람들의 모습, 사랑했던 남자 피터 월쉬와 결혼 전에 헤어진 정황까지 더하여, 의식의 흐름이 끝을 모르고 이어진다. 이 밝고 달콤하기까지 한 서정이 왠지 불안하게 느껴지는 것은 뭘까. 그녀는 '택시들을 바라보고 있으면 밖으로 밖으로, 저 멀리 바다로 혼자 나가는 느낌이 쉴 새 없이 들고, 단 하루일지라도 산다는 것이 아주, 아주 위험하다는 느낌'이 든다고 말한다. 이 암시가 경쾌하고 생기 넘치는 아침을 액면 그대로 믿을 수 없게 하는 이유이다. 눈에 보이는 모든 물상과 심중에 떠오르는 사람과의 추억을 따라가는 섬세한 의식의 흐름이 바로 버지니아 울프만의 서술 기법이다.

파티를 준비하는 과정부터 끝나기까지, 댈러웨이 부인의 사랑과 이별 사이에 색이 다른 리본처럼 참전용사 셉티머스의 죽음이 섞여든다. 현재와 과거가 교차하는 시간적 구성과 시대의 변화, 어긋난 사랑, 죽음에 관한 서사가 견고하게 짜여져 있는 카펫처럼 밀집되어 있다.

서술 사이사이에 빅벤이 수시로 시간을 알린다. 버지니아 울프의 소설에서 시간을 알리는 장치는 한 걸음씩 다가오는 죽음을 암시하듯이 매순간 그 존재를 각인시키며 다가온다. 장편소설 『세월』과 『댈러웨이 부인』 곳곳에서 시간을 착실히 일러주는가 하면, 버지니아 울프가 주인공이 된 영화 〈디 아워즈〉에서도 시계가 세 여자를 깨우는 역할을 맡는다. 매순간을 의식하는 작가의 심경인 듯 종소리와 빅벤, 괘종시계, 뻐꾸기 시계까지, 인물들의 의식이 매순간 시간의 지배를 받는 것이 매우 암시적이다.

죽음이 완전히 끝을 낸다고 믿으면 위안이 될까?

그녀의 중얼거림처럼 과거와 미래를 관통하는 시간과 죽음, 현실을 사랑하는 애증의 서사는 버지니아 울프 소설의 전체적인 주제이기도 하다. 시간을 의식하는 끔찍한 고통을 상상해 본다. 밤의 어둠과 정적 속에서는 시계 소리가 더 크게 울린다. 어둠 속을 지나는 불길한 발소리처럼, 삶을 사랑한다는 클러리서의 부자연스러운 대사처럼.

클러리서가 사랑하는 것은 주위의 사람들과 잘 지내고 오늘을 즐겁게 사는 것인데 서운하게도 그녀는 오찬파티에 초대받지 못했다. 브루튼 부인이 남편 리처드만 초대했다는 사실 때문에 그녀는 갑자기 자신이 오그라들고 가슴이 없어졌다고 느낀다. 다락방에서 드레스를 손질하고 있을 때 피터 월쉬가 왔다. 오 년 만의 만남이었다. 피터 월쉬는 클러리서와 다투고 헤어진 후, 인도로 가는 배에서 만난 여자와 결혼했다. 클러리서는 가슴에 박힌 슬픔을 혼자 감당했던 기억을 떠올린다. 아이가 두 명인 여자와 사랑에 빠졌다는 고백을 들으며 클러리서는 그가 여전히 사랑에 취해 있다고 실망한다. 자기가 아닌 다른 여인을 사랑하는 남자. 그의 사랑이 어디를 향하고 있는지 짐작도 못 한 채 그녀는 피터 월쉬의 마음이 늘 다른 곳을 향한다고 생각한다.

 피터 월쉬를 사랑하면서도 헤어진 것은 그가 그녀의 모든 것을 공유하며 억압하려 했기 때문이다. 그녀가 사랑하는 것은 그녀 앞에 있는 이것, 여기, 현재인데 피터 월쉬가 관심을 가지는 것은 그녀를 비롯한 세상의 모든 것이어서 서로 지향하는 바와 바라보는 시각이 다르다. 세상을 바라보는 관점과 사랑을 이해하는 방식이 달라서 피터 월쉬를 사랑하면서도 헤어질 수밖에 없었다. 욕망을 바탕으로 한 열정과 순수한 사랑은 서로 함께할 수 없는 것인지, 그들의 사랑에는 욕망이 결여되어 있다. 남자의 욕망을 거부하는 클러리서의 사랑은 어느 쪽일까. '결혼 생활 중 매일매일 같은 집에서 사는 사람들 사이에서 조금은 제멋대로 할 수 있는 권리, 다소 독립된 부분이 있어야만 한다' 는 클러리서의 자유로운 바람을 리처드 댈러웨이가 채워주었다. 불안하게 나이프를 가지고 노는 애어른 같은 피터 월쉬에게서 정신적인 안정감을 얻지 못한 클러리서는 무던하면서도 감정의 동요가 없는 리처드와 결혼한다. 열정적이지는 않지만 평온한 삶을 선택한 그녀는 수시로 자신에게 묻는다. 피터 월쉬와 결혼하지 않은 자신의 미심쩍은 상황에 대해서.

하녀와 결혼한 남자가 그들의 모임에 다니러 왔다. 샐리 시튼이 결혼 전에 하녀가 애기를 가졌다고 폭로하자 클러리서는 "어머나, 두 번 다시 그녀와 애기할 수 없겠네."라고 한다. 피터 월쉬는 냉혹하고 차갑고, 정숙한 체하는 여자라며 완벽한 안주인의 소질이 있다고 빈정거린다. '영혼의 죽음' 이라고 본능이 느끼는 대로 말해버리자 클러리서가 질겁을 한다. 그녀는 피터 월쉬의 직설적인 표현이 서운하다. 여기서 그녀의 모순이 드러난다. 삶을 사랑하면서도 죽음을 생각하고, 안주인으로서의 역할에 충실하면서도 정작 '완벽한 안주인' 이란 말은 못 참는다. 피터 월쉬는 그녀의 냉담한 태도를 참지 못하고 떠나지만 그로 인해 죽음 같은 고통을 맛본 것은 그 자신이다.

사랑에 빠졌다며 클러리서에게 속내를 열어보이던 피터 월쉬가 갑자기 울음을 터뜨린다. 눈물을 줄줄 흘리며. 그것은 본성 속에 감추고 눌러두었던 감정, 말로 표현하지 못한 그리움이나 간절함이 아닐지. 사랑한다고, 보고 싶었다고 영혼의 말을 전해야 하는데 너무 오래 제 속에 가둬둔 감정이 제어할 수 없는 힘에 밀려 밖으로 나와 버린 것이 아닐지. 다른 여자를 사랑한다지만 그의 진심은 여전히 한 여자만 사랑하고 그 여자만 바라보고 있다는 걸 그의 눈물이 증명해 준다. 사랑은 온 영혼으로 느끼는 것이어서 클러리서도 어렴풋이 짐작하고 있다. 그의 눈물이 무엇을 말하고 있는지.

그의 손을 잡고 무릎을 토닥이며, 뒤로 기대어 앉아 있는 것이 이상하게 편하고 아무 근심이 없다고 느껴지게 하였다. 갑자기 모든 것이 그녀에게 몰려왔다. 만약에 내가 그와 결혼했더라면 이 들뜬 기분은 하루 내내 나의 것이었을 텐데!

- 『댈러웨이 부인』 66p

그가 곧장 먼 항해를 떠나기라도 하는 것처럼 어디로

든 나를 데려가 달라고 말하고 싶은 충동적인 생각을 하면서도 클러리서는 한 생애를 살아낸 것 같은 마음으로 그 환상에서 빠져나온다. 언제나 그랬던 것처럼 그녀는 냉정한 인습의 틀에 자신을 가두고 제 속을 꼭 닫는다. 그녀에게는 과거보다 현재가 더 중요하고 주위의 시선도 중요하다. 클러리서는 상류층의 관습과 법도에 익숙해져 있고 자기중심적이어서 사랑을 표현하는 일이 옷을 벗는 것보다 어렵다. 그녀는 성적 불감증을 교양 있는 여성의 미덕 탓으로 돌릴 만큼 시대의 인습에 매여 있거니와 이복형제에게 성폭력을 당한 작가의 숨은 상처와도 깊은 연관이 있다.

따지고 보면 사람 사이의 오해는 마음을 표현하지 않은 데서 비롯되는 어긋남이다. 엘리자베스가 방으로 들어오자 클러리서는 '내 딸'이라며 소개한다. 혼자 낳아서 키운 아이처럼. 피터 월쉬는 왜 그냥 딸이라고 하지 않고 내 딸이라고 하는지 의아해하며 그 집을 나온다. 잠깐 엘리자베스가 두 사람의 아이가 아닐까, 하는 의심이 들었다. 클러리서가 뒤에서 큰 소리로 외친다. '오늘 저녁 내 파티! 오늘 저녁 내 파티를 기억하세요.' 그녀의 집을 나온 피터 월쉬는 빅벤이 삼십분을 알려주는 소리를 들으며 의문에 사로잡힌다. '그녀는 이런 파티를 왜 여는 걸까?' 그의 질문이 빅토리아 거리의 소음에 묻힌다. 클러리서의 집을 나온 피터 월쉬는 공원의 벤치에 앉아서 졸아댄다.

인간은 사랑한다는 감정만으로는 이해하기 어려운 오묘한 복합체이다. 두 사람의 이별에서 사랑에 얼마나 많은 오해가 따르는지 알게 된다. 말로 표현하지 않으면 알 수 없는 것이 사람의 감정이어서 두 사람의 사랑은 수시로 오해에 사로잡힌다. 서로의 다른 점을 인정하지 못한 그들은 언쟁을 벌이는 순간 돌이킬 수 없도록 어긋나고 말았다. 클러리서에게는 모든 것을 공유한다는 게 구속이고, 피터 월쉬에게는 관심이고 사랑인 것을. 결혼을 하고도 처녀성을 간직하고 다락방을 자기만의 방으로 삼은 클러리서는 바람대로 서로의 사생활을 일체 묻지 않은 채로 리처드와 자유롭게 살아간다. 그가 이른 아침에 어느 집에 있었는지 묻지 않는 것처럼.

여기서, 처녀성을 지킨다는 게 참 재미있다. 번역자의 주 해설에 따르면, 빅토리아조 시대와 버지니아 울프가 살던 시대에 여자들에게 순결이 강요되었다. 남

108

편을 위해 육체의 순결을 지키는 것은 여자들에게만 강요된 미덕이었다. 여성들은 아이를 낳고 살지만 순결의 미덕으로 인한 불감증으로 성적 쾌락을 모르고 산다. 다행히도 '그녀는 의심할 여지 없이 남자들이 느끼는 것을 느꼈다. 단지 한순간이지만!' 이 한마디는 아무래도 클러리서가 성적 쾌락을 알아버린 뉘앙스 같다.

피터 월쉬가 주머니칼로 손톱을 다듬거나 칼날을 쓰다듬자 클러리서는 제발 칼을 가만히 내버려 두라고 소리친다. 다른 사람이 어떻게 느끼는지 추호도 관심 없는 그의 단순함이 그녀를 괴롭힌다. 그가 예전과 다름없이 주머니칼을 가지고 논다고 경멸하지만 클러리서는 불안할 때마다 칼을 만지는 그의 습관을 알아채지 못한다. 피터 월쉬에게 있어서 칼은 자신을 지켜주는 힘의 상징이기도 하다.

남편 리처드는 클러리서에게 장미꽃을 한 아름 안겨주면서도 사랑한다는 말을 하지 않는다. 그냥 그녀의 손을 잡는 것으로 그게 행복이라고 믿는다. 몇 번이나 말할 기회가 있는데도 끝내 사랑의 말을 하지 못하는 것이 안타깝다. 그녀는 문을 열고 나가는 남편을 보며 사람에게는 어떤 존엄성이 있다고 생각한다. 부부 사이에도 간격이 있고, 외톨이로서의 고독이 있다고.

실험적인 소설

버지니아 울프의 소설은 읽어내기가 쉽지 않다는 점에서 각오를 단단히 하고 달려들어야 한다. 실험적인 소설 자체가 어려워서가 아니라 여러 가닥의 스토리가 대비되며 복잡하게 관계를 형성해 가는 복선구조 때문이기도 하지만, 단락 중에 수시로 화자가 바뀌어 혼란을 가중시키기도 한다. 소설 『세월』에 비하면 『댈러웨이 부인』은 약과다. 중요한 것은 문장을 지배하는 의식의 흐름이다. 소설 속의 모든 구조들이 어느 것 하나 흘려 쓴 게 없고, 사소해 보이는 에피소드가 소설을 이루는 데 빠짐없이 쓰인다. 흔히 스토리 라인 속에 의식의 흐름이 곁들여져 있기 마련인데, 버지니아 울프의 소설은 주변정황, 자연의 관찰, 의식의 흐름으로 이어지는 서사에 몇 가닥 되지 않는 스토리 라인이 곁들여져 있어서 자칫 마음을 놔버리면 어느 순간에 스토리 라인을 잃을지 모른다. 버지니아 울프의 『세월』이 특히 그런 소설이다.

『세월』은 한 집 식구 오 남매에 사촌까지 합치면 자녀만 열 명이다. 한 챕터 내에서 단락마다 인물이 바뀐다. 여러 명이 불쑥불쑥 나타나 자기 얘기를 하는데, 읽다 보면 다른 사람이고, 이 사람인가 하고 읽다 보면 어느새 다른 사람이 말하고 있다. 시간을 말하는 소설이다 보니 시간적 배경이 1880년에서 1891년, 1907년 이렇게 연도를 훌쩍 건너뛰기도 한다. 그 세월의 흐름이 묘하게 가슴 철렁 내려앉게 하는데, 앞 챕터 1891년도에서 새벽이 오도록 무도회에서 즐겁게 놀던 부부가 1907년이라고 표시된 다음 장에서 다 죽고 어른이 된 자녀들이 제 얘기를 한다. 그야말로 세월이 물처럼 흐르는 소설이다.

『댈러웨이 부인』의 큰 줄기에 칡넝쿨처럼 엮여 있는 셉티머스의 얘기를 해보자 셉티머스는 전쟁터에서 살아남은 청년이다. 폭탄이 터져 친구 에반스가 죽었다. 운 좋게 살아남았다고 생각하던 그는 어느 날 자신의 문제가 무엇인지를 알게 된다. 아무것도 느낄 수 없다는 사실을. 아내를 사랑하지 않으면서 결혼했고, 에반스가 죽었을 때도 무심했고, 음식 맛도 못 느끼고, 성욕도 없다. 절친한 친구가 죽었는데도 슬픔과 고통을 느끼지 못했다는 자각이 그를 느닷없이 죄의식에 빠뜨린다. 그는 아내에게 자살할 거라고 한다. 환각 증세가 심해지며 죽은 친구 에반스와 대화를 나누는 그를 홈즈 의사와 아내가 요양소로 보내려 한다. 그를 요양소에 데려가려고 사람들이 올라오는 것을 보고 셉티머스는 창에 걸터앉는다.

> 마지막 순간까지 기다리리라. 그는 죽고 싶지 않았다. 삶은 좋은 것이었다. 태양은 뜨거웠다. 단지 인간들 - 그들이 원하는 것은 무얼까? (……) 내가 당신에게 그것, 삶을 줄게! 그는 외쳤다. 그리고 울타리가 있는 아래로 자신을 거세고 난폭하게 던져버렸다.
>
> - 『댈러웨이 부인』 196p

셉티머스는 클러리서 댈러웨이와 전혀 상관없는 사람이고 서로 만난 적도 없는 사람들이지만, 브레드쇼 부부가 파티에 와서 그의 죽음에 관한 소식을 전하며 관계가 형성된다. 한 젊은이의 자살 사건을 듣는 순간 클러리서는 파티 중에 끼어든 소식에 사로잡히고 만다. 그녀는 자신의 몸이 셉티머스를 통해서 죽음을 경

험하는 야릇한 현상을 겪는다. 사람과 죽음이 일체가
되는 순간, 그녀에게 있어서 죽음은 삶을 추구하는 강
렬한 상징이 되고 동시성이 된다. 그녀는 죽음의 체험
을 통해서 삶이라는 간절한 현재를 붙잡는다. 파티가
열리는 방마다 사람들이 넘치지만 그들 모두 부패와
거짓말과 잡담으로 손상되어 언젠가는 죽음에 이를 걸
안다.

그녀의 드레스에 불이 붙었고, 그녀의 육신이 타올랐다.
그는 창문에서 몸을 던졌다. 휙 하고 땅바닥이 솟구쳐 올
랐고, 녹슨 담 위의 철책이 이리저리 그의 몸을 멍들이면
서 몸을 뚫고 들어갔다. 뇌가 쿵쿵 울리면서, 거기 누워 있
었다. 어둠 속의 질식.

- 『댈러웨이 부인』 241p

그녀는 죽음을 영혼의 세계로 통하는 의사소통의 시
도로 인식한다. 관계는 멀어지고 황홀감은 시들고, 사
람은 혼자라고. 죽음에는 포옹하는 힘이 있다고. 그러
면서 그녀는 그 청년이 보물을 들고 뛰어내렸을까? 혼
잣말을 한다. 지금이 가장 행복한 때라는 보물을. 죽음

이 주는 두려움을 견디며 삶을 사랑하고 그것을 단단히 부여잡으려는 한 여자가, 한 남자가, 깊이를 알 수 없는 어둠 속으로 가라앉다 사라지는 것을 보는 것이 자신에게 내린 벌이어서, 그녀는 이브닝 드레스를 입은 채로 서 있어야 한다고 말한다. 죽음의 정체를 알아버린 죄! 빅벤이 시간을 알리고, 모든 것이 계속되는데 그녀는 자신이 그 청년 ― 셉티머스 같다고 느낀다. 그러면서 생각한다. 셉티머스가 그 일을 해서, 삶을 던져버려서 만족스럽다고. 대리만족이라고 해야 할까. 아니면 떠나는 자와 남아 있는 자의 교감이라고 해야 할까.

셉티머스는 울타리 밖으로 자신을 던지기 전에 죽고 싶지 않다고 고백한다. 그게 죽음을 선택한 자의 진실이다. 삶이 좋은 것임을 알면서도 죽을 수밖에 없었던 그는 자신의 존엄성을 지켰다. 스스로를 병의 숙주로 죽어가게 내버려 둘 수 없었고, 다른 사람이 자신의 삶을 마음대로 가두게 하고 싶지 않았다. 댈러웨이 부인이 말한 '지금이 가장 행복한 때' 라는 보물은 바로 그가 스스로의 의지로 성취한 영혼의 자유를 말함이 아녔을지.

파티 중에 사라진 클러리서가 영혼의 죽음을 경험하는 것으로, 소설은 삶과 죽음의 공존이라는 주제를 하나로 모은다. 가까운 이들과의 평온한 화합을 이루며 그녀는 죽음의 경험을 통해서 살아갈 힘을 얻는다. 죽음은 삶을 포용하는 힘이 있는 것이어서.

참고자료

『자기만의 방』, 버지니아 울프, 오진숙 옮김, 솔, 2004.
『댈러워이 부인』, 버지니아 울프, 정명희 옮김, 솔, 2004.
　박민영 논문, 영화 〈디 아워스(The Hours)에 나타난 이미지의 상징성〉.

순결한 종이에 담은 기억

- 귄터 그라스, 『양철북』

폭 넓은 치마폭 속의 부흥

귄터 그라스가 어린 시절을 보낸 곳이 바로 소설 속 배경인 단치히 카슈바이 중심부 바사우 근처의 농장이다. 그 농장에서 그의 부모님이 소설 속의 안나 브론스키처럼 감자밭 밀밭과 더불어 몇 그루의 사과나무를 가꾸고 살았다. 소설 속의 악동 오스카르에게서 귄터 그라스를 상상하게 되는 건 아마도 그러한 자전적 요소 때문일 것이다. 사실은 그런 부분들이 작가와 독자 사이의 신뢰감을 형성해 주니.

오스카르의 할머니인 안나 브론스키가 그 농장에서 스커트를 여러 벌 겹쳐 입고 감자 덩굴을 걷어낸다. 감자밭에서 일을 하던 안나 브론스키가 모닥불에 감자를 구워 먹는데 작고 땅딸한 남자가 달려온다. 안나 브론스키는 쫓기는 남자를 몇 벌이나 겹쳐 입은 스커트 속에 숨겨준다. 그녀는 태연하게 감자를 구워 먹는다. 긴박한 순간 중에도 소설은 익살맞은 표현과 재기발랄한 유머, 세밀한 묘사로 읽는 즐거움을 선사한다. 네 겹이나 겹쳐 입은 안나 브론스키의 스커트 속에서 한 세대의 부흥이 일어나고 오스카르가 태어난다.

할머니의 스커트 속과 격리병동이 매우 상징적인 역할을 한다. 폭 넓은 스커트는 더 갈 곳 없는 도망자를 품으며 도피처로써의 현실성을 갖춤과 동시에 2차 세계전쟁이라는 시대성을 반영한 소시민적 삶의 진실이 되고, 여자의 자궁을 의미하기도 한다. 할아버지 콜야이체크가 안나 브론스키의 네 겹 스커트 속에서 안식을 얻듯이, 오스카르 역시 격리병동에 갇히고서야 제 속의 악마에게서 벗어나 지난 시간을 돌아보며 자신의 정체성을 회복한다. 나름대로 규칙을 가진 스커트 겹쳐 입기의 설정과 감자밭에서 콜야이체크를 만나고 경찰을 따돌리기까지 사실적인 묘사의 능청스러움과 치밀함이 놀라울 정도다. 도입부가 독자를 단숨에 끌어들여서는 달아나지 못하게 한다.

흥미로운 스토리와 재기 넘치는 말맛에 더하여, 끝없이 이어지는 에피소드의 변화무쌍함이 600페이지가 넘는 긴 소설의 막막함을 걷어주긴 하지만, 그렇다 해도 소설이 담고 있는 거대서사와 막강한 분량이 만만찮은 부담인 것은 사실이다. 『양철북』은 영화로도 상영이 된 작품이다. 소설과 영화를 함께 보면 더 재미있다. 원작이 워낙 출중하니 영화도 당연히 재미있다. 칸느영화제 그랑프리를 수상한 영화 『양철북』은 소설의 막강한 분량을 압축해서, 알레고리가 또렷하고 몰입도가 높은 부분만 간추려놓았다.

1부 2부 3부로 구성된 소설에서 오스카르의 어린 시절을 담은 1부 위주로 영화의 스토리가 짜여 있어서 몰입도와 스토리의 밀도가 치밀하다. 2부에서는 폴란드 우체국에서 벌어진 전투 중에 진짜 아버지일지도 모르는 얀 브론스키가 죽고 나중에 마체라트까지 죽으며 오스카르는 두 명의 아버지를 모두 잃는다. 아버지 마체라트를 묘지에 묻으며 오스카르는 세 살 때부터 끈질기게 갖고 다니던 양철북과 북채를 무덤 속에 던져넣는다. 그의 아동기와 사춘기가 그렇게 지난다. 3부에서는 오스카르가 예술적 재능을 발휘해서 무대에 오르

는가 하면 누드모델이 되기도 하고, 스승 베브라의 유
산을 물려받기도 한다. 오스카르가 격리병동에 갇히기
까지, 소설은 오스카르의 정체성 혼란과 제 2차 세계대
전이라는 역사적 상황을 적절한 판타지 기법으로 교묘
히 배합하고 있다.

오스카르가 태어나자 아버지 마체라트는 나중에 장
사를 물려준다 했고 어머니는 세 살이 되면 양철북을
사주겠다고 했다. 오스카르는 어른들과 자신 사이에
필요한 거리를 만들고, 아버지처럼 현금이나 짤랑거리
고 다니는 억지 장사꾼이 되지 않기 위해서 세 살의 상
태로 머물겠다고 결심한다. 그는 어른이 되고 싶지 않
았다. 마체라트가 잼을 꺼내고 지하실 문 닫는 걸 잊었
다. 오스카르는 그 순간을 놓치지 않고 치밀한 계산 끝
에 아홉 번째 계단에서 뛰어내린다. 지하실까지 굴러
떨어진 오스카르는 죽을 만큼 다치지는 않았지만 계획
대로 성장을 멈추게 할 수 있었다. 어머니 아그네스는
모든 책임을 마체라트에게 떠넘기고 죽을 때까지 원망
을 멈추지 않는다.

오스카르가 계단에서 뛰어내린 건 어른의 세계에 대

한 불신감에 더하여 누구나 자신의 삶을 뜻대로 움직일 권리가 있다는 항변이었다. 자의식 강한 오스카르는 마음만 먹으면 언제라도 다시 성장을 시작할 수 있으리란 자신감이 있었다. 3부에서 실제로 조금 자라긴 했지만 등에 커다란 혹을 지고 살아야 했다. 그것 또한 오스카르가 자초한 운명이어서 누구를 원망하지도 미워하지도 못하는데 소설은 호적상의 아버지인 마체라트를 일방적으로 나쁜 사람, 미운 사람, 원망을 받아 마땅한 사람으로 몰고 간다. 그에 비해 진짜 아버지일지도 모르는 얀 브론스키는 오스카르의 어머니를 가까이 두고 그녀의 육체를 맘껏 사랑하고 희롱하며 삶을 즐긴다. 어떻게 보면 오스카르는 세 사람의 삼각관계를 단죄하기 위해 태어난 인물 같기도 하다. 2차 세계대전을 겪고 서로 국적도 다른 두 아버지가 독일과 폴란드를 대변하는 것처럼.

오스카르가 앨범을 들여다보는 장면이 있다. 그는 가족이 한자리에 모여 있는 사진첩을 '가족 묘'로 표현한다. 앨범에 꽂혀 있는 가족사진을 보며 오스카르는 가족들의 지난 시간을 읽는다. 사진 속에 인간의 삶이 담겨 있다. 성령 강림제에 찍은 자신의 모습과 북을 가진 세 살 적의 사진까지. 오스카르는 마체라트와 어머니 아그네스의 혼례 사진을 들여다본다. 혼례복을 입은 어머니와 마체라트, 얀 브론스키가 함께 찍은 사진이 있다. 사진 속에는 혼례식을 하던 날의 풍경과 어머니의 스커트 주름까지 세밀하게 묘사되어 있다. 사진은 지나간 시간을 몇 번이고 싫증 내지 않고 재생을 거듭한다. 어머니의 스커트 속에 얀의 손이 감추어져 있는 것을. 어머니와 얀은 트럼프 놀이를 하면서도 탁자 아래서 끊임없이 성애의 장면을 연출한다. 결혼식을 올리던 날부터 간통을 한 어머니와 얀 브론스키의 부정적인 관계를 통해서 오스카르는 두 사람의 맹목적인 열정을 직시한다. 어머니가 매주 목요일마다 장난감가게에 오스카르를 맡겨놓고 얀을 만나러 가는 파행은 그녀가 죽는 날까지 계속된다.

어머니는 거의 얼굴빛도 변하지 않은 채 돌아와서, 혼합 맥주로부터 결코 눈을 들지 않는 안주인에게 한 마디 인사를 하고 내 손을 잡았는데, 손의 체온이 그녀의 비밀을 누설하는 것을 까맣게 모르고 있었다.

- 『양철북』 99p

어머니는 약속대로 오스카르가 세 살이 되던 생일날에 양철북을 사주었다. 고의적으로 성장을 멈춰버린 아이는 양철북을 두드리고 다니는 것이 유일한 즐거움이다. 생애 최초로 학교에 가던 날도 오스카르는 양철북을 들고 간다. 아이들이 선생님의 말을 따라하거나 노래를 부를 때마다 양철북을 두드린다. 참다못한 선생님이 양철북을 사물함에 넣어두자고 하지만 오스카르는 꿈쩍도 않는다. 결국 선생님은 매를 들고 양철북을 때린다. 그러자 오스카르는 자신이 지를 수 있는 최고의 소리를 지른다. 오스카르의 다이아몬드 비명으로 교실 유리창이 깨지고 선생님의 안경이 산산조각난다. 교실을 벗어난 오스카르는 '나의 최초의 수업일' 이라는 글귀가 씌어 있는 칠판 앞에서 어머니와 사진을 찍는다. 최초의 수업일은 최후의 수업일이 되고 만다.

소리를 질러 유리를 깨는 능력. 그 다이아몬드 비명이 오스카르에게는 자신을 지키는 절대적인 능력이다. 그는 유리를 깨는 비명과 양철북으로 굳건하게 자기세계를 지켜나간다. 당겼다 밀었다 양철북으로 어른들과 필요한 만큼의 거리를 유지하며. 누구도 오스카르에게서 양철북을 빼앗지 못한다. 오스카르는 북을 두

드리고 놀며 어른들의 세계를 조롱하고 그들의 질서를 깨뜨리고 관습을 허물어뜨린다. 학교에 안 가면 글을 어디서 배우나, 하는 우려는 금물. 그 우려는 우리가 세상의 질서에 길들여져 있다는 것을 의미한다. 오스카르는 나름대로 글자를 익힐 방법을 찾아 나선다. 어머니나 아버지 그 누구에게도 부탁하지 않고 제 스스로 세상의 물결을 헤쳐 나가며.

마침내 오스카르는 글을 가르쳐줄 만한 인물을 찾아낸다. 아이도 없는 빵집 여자 셰플러에게 글자를 배우기로 결심한다. 가게의 아동복 잡동사니에서 괴테의 『친화력』과 『라스푸틴과 그의 여자들』을 찾아내어 수업을 시작한다. 모든 일에는 대가가 따른다. 글을 배우는 대신에 오스카르는 아이가 없는 노처녀의 살아 있는 인형이 되어서 그녀가 뜨개질로 짜낸 아기 옷을 입어줘야 하는 수난을 감당한다. 까다롭기로 유명한 오스카르가 그렇게라도 글을 배우려 하는 것은 빵집 여자 셰플러가 기존의 관습이나 권위를 휘두르지 않고, 오스카르를 한 인격체로 존중해 준다는 사실 때문이다. 오스카르는 책을 읽고 나서 한 장씩 찢어서 뭉친다. 아무렇지 않은 척 던져둔 것을 집에 올 때 호주머니에 넣어온다. 집으로 온 오스카르는 구긴 책장을 곱게 펴고 다시 읽으며 혼자서 내용을 음미한다. 나중에 두 권의 책에서 찢어낸 책장을 골고루 섞어서 괴테와 라스푸틴의 책을 하나의 이야기로 만들어가는 장면이 매우 기발하고 신선하다.

작가도 다르고 성격도 다른 두 가지 책을 뒤죽박죽으로 섞어놓으면 어떤 일이 일어날까 궁금해지며 따라 해보고 싶은 생각이 들기도 한다. 소설을 온통 재미로만 채울 수도 없고 그래서도 안 되지만, 긴 서사 중에 이렇듯 재치 있고 감각 있는 에피소드나 밑줄 긋고 싶은 문장이라도 발견하면 숨겨진 보물을 찾아낸 것처럼 기쁘다. 소설을 끝까지 읽게 하는 건 심오한 서사가 아니라 어쩌면 이런 작은 기대감일지도 모른다는 생각이 든다.

왈츠로 바뀐 행진곡

마체라트가 장어를 사서 요리하는 장면이 있다. 말 머리를 이용해서 장어를 잡는 장면이 진저리치게 혐오스럽다. 나치스가 점령한 현실에 대한 조롱이자 거부의 장치임에도 불구하고, 말 머리 속에서 장어가 꿈틀

거리며 나오는 장면은 상상만으로도 기괴하다. 누구의 아이인지 모르는 둘째를 가진 아그네스는 장어에 진저리를 치면서도 마체라트가 해놓은 장어요리를 기어이 먹고 만다. 아내가 싫다고 진저리를 치는데도 마체라트가 기어이 그 장어를 사서 요리한 것이 사랑일까 가학적인 매질일까. 아그네스는 자신의 삶에 대한 환멸인 듯 성미에 맞지도 않은 생선요리를 억제 못 할 욕구로 마구 먹어댄다. 말려도 소용없다. 혐오하면서도 탐욕스럽게 먹어대는 생선요리에 더하여, 기름기 도는 장어스프까지 마시는 그녀의 모습은 흡사 분노가 폭발한 것 같다. 아그네스는 결국 황달과 생선중독으로 죽음을 맞는다. 아그네스의 죽음으로 마체라트와 얀 브론스키의 삼각구도가 깨어진다. 그녀를 죽음으로 몰아붙인 게 원하지 않는 아기 때문이든 자기혐오로 인한 비관 때문이든, 오스카르는 어머니의 죽음으로 세상과 홀로 맞서야 하는 새로운 도약의 시기를 맞는다. 할머니는 자기 딸이, 마체라트 때문에 죽었다고 원망하는가 하면 오스카르의 양철북 소리가 듣기 싫어서 죽었다고도 한다. 누구 탓도 아니다. 자신의 삶에 대한 권태와 환멸일 뿐.

묘혈 위에 판자와 밧줄로 관을 내리는 동안 오스카르는 뚜껑 위에서 의연히 있고 싶었다. 설교, 미사의 종, 향연, 성수가 행하여지는 동안에, 그는 뚜껑에서 그의 라틴어를 두들기고 싶었다. 어머니와 태아와 함께 오스카르는 묘 속에 들어가고 싶었다. (······) 작은 뼈를 막대기 삼아서라도 오스카르는 태아의 부드러운 연골 앞에서 두들기고 싶었다.

- 『양철북』 163~164p

타고난 지적능력으로 북을 북답게 쓰는 악동을 중심으로 서사는 해학과 다양한 상상력으로 인간사의 굴곡을 빠짐없이 채워나간다. 마체라트가 나치스 시민집회에 참석하자 오스카는 행사장에 숨어서 위엄 있게 진행되는 행진곡을 양철북으로 어지럽힌다. 질서를 흩트리며 껴든 북소리에 행진곡이 왈츠로 바뀌고, 사람들이 왈츠에 맞추어 춤을 추는 기이한 상황이 벌어진다. 불현듯 끼어든 왈츠에 독일군이 근엄한 표정을 바꾸고, 잠시나마 전쟁을 잊은 사람들이 음악에 맞춰 춤을 춘다.

2차 세계대전이라는 역사적 사건이 삽화처럼 곁들여

져 있지만 난쟁이 오스카르의 정체성 확립과 인간적 실존이 소설의 중심이 되고 있다. 마체라트가 죽고 오스카르는 아버지의 무덤에 북을 던진다. 북은 오스카르의 혼이자 양심이다. 북을 던진 그는 성장을 시작하기로 마음먹는다. 양철북을 던진다 함은 그가 유년의 꿈에서 깨어남이고 자의적으로 멈추었던 어른의 시절이 시작되었음을 알리는 예고이기도 하다. 부모라고 해도 자식의 삶을 대신 살아줄 수 없어서 누구나 이렇듯 혼자 일어서야 하는 시기를 맞게 된다. 따지고 보면 부모와 형제 역시 우연히 만나서 어느 한 시기를 함께 걸어가다 헤어지는 길동무와 다름없는 것을.

어머니의 죽음은 나를 거의 놀라게 하지 않았다. 오스카르에게는 마치 어머니가 수년 전부터 삼각관계를 청산하는 하나의 가능성을 진지하게 찾고 있는 것같이 생각되지 않았던가. 그 해결 방법은 그녀가 다분히 미워하는 마체라트에게 죽음의 책임을 지우고, 얀 브론스키, 그녀의 얀으로 하여금 "그녀는 나를 위해 죽은 것이다. 그녀는 나의 출세를 방해하고 싶지 않아서 스스로를 희생시킨 것이다"라는 생각으로, 폴란드 우체국에서의 근무를 계속할 수 있게 해주는 것이다.

자신을 예수라고 외치던 오스카르가 정신과 격리병
동에 갇혔다. 예수를 모욕한 죄가 아니라 간호사를 죽
인 살인범으로 누명을 썼다. 브루노가 한시도 눈을 떼
지 않고 그를 감시한다. 난쟁이의 몸으로 2차 세계대전
이라는 격동의 시대를 살아낸 오스카르가 격리병동에
갇혀, 사회와 개인의 역사를 담은 자서전적인 글을 쓴
다. 감옥이나 격리병동만큼 글쓰기에 적합한 곳이 있
을까. 공간 설정이 마음에 든다.

오스카르가 간호사에게 사달라고 부탁하는 순결한
종이는 자신만의 파란만장한 삶을 살아온 한 난쟁이의
삶을 담기에 더 이상 없는 조건이다. 현재 나의 시점과
오스카르의 시점, 간호사 브루노까지 동원되는 시점의
변화가 지루함을 덜어주기도 하지만, 그 여럿 되는 시
점은 서로 다른 것 같으면서도 격리병동에서 글을 쓰
는 오스카르의 영혼과 함께한다. 서른 살의 청년인가
하면 어느새 세 살의 아이가 되어 반전을 계획하고, 아
이인가 하면 나이라는 괴물의 등장으로 어느새 어른이

되어 있다. 어른의 오스카르가 영특한 아이를 다독이고, 어린 오스카르는 아이답게 어른의 세계를 조롱하며 서로가 할 말을 다 해나간다.

　자서전을 쓰는 오스카르. 지적 사고가 뛰어난 데다 악귀 같은 난쟁이 오스카르가 마침내 해야 할 일을 찾았다는 느낌이 든다. 생각해 보니 글쓰기가 오스카르에게 매우 잘 어울리는 일 같다. 그가 선택한 일이 순결한 종이만큼 미더운 건 소설 속 인물에 대한 애정 때문이라기보다 오스카르에 비치는 귄터 그라스라는 작가에 대한 무한한 신뢰 때문인 것 같다. 오스카르의 글쓰기가 양철북을 대신해서 그 존재감을 떨칠 새로운 무기로 변신할 것 같은 예감이 즐겁다.

참고자료

『양철북』, 귄터 그라스, 박환덕 옮김, 범우사, 1999.

승화된

개츠비는 밤하늘의 별빛을 쓸쓸히 쳐다본다.
그가 만 건너편을 쳐다보며 말한다.
"그곳의 부두 끝에는 항상
초록빛 불이 켜져 있더군요."
F. 스콧 피츠제럴드, 『위대한 개츠비』, 중에서

노란 칵테일 음악이 있는 축제

- F. 스콧 피츠제럴드, 『위대한 개츠비』

F. 스콧 피츠제럴드의 소설은 크리스털로 된 샹들리에 같다. 위태로운 듯 아름다우면서도 거꾸로 가는 시계처럼 환상적이어서 읽는 재미가 쏠쏠하다. 단순한 스토리와 서정적인 문장 곳곳마다에 보물처럼 숨겨져 있는 상징이 낯선 곳에서 친한 친구를 만난 것처럼 깜짝 놀라게 한다. 어느 작가든 책을 쓸 때마다 독자를 의식하게 되어 있다. 피츠제럴드의 의미심장한 말을 들어본다. "모든 작가는 자기 세대의 젊은이들, 다음 세대의 비평가들, 그리고 그 뒤의 영원한 미래 세대의 교육자를 위하여 글을 써야 한다." 랜덤하우스 출판사의 편집위원회가 20세기에 영어로 쓰여진 위대한 소설을 선정한 적이 있는데 『위대한 개츠비』가 『율리시즈』

에 이어 두 번째로 꼽혔다고 한다.(민음사, 김욱동 해설) 어쩌면 피츠제럴드는『위대한 개츠비』가 후대의 독자들에게 많은 사랑을 받게 되리란 사실을 예견했는지도 모른다. 책도 마음에 드는 독자와 사랑을 나눌 시기를 운명적으로 타고나는 모양이다.

보르헤스는 좋은 책을 만나면 그 책을 갖고 있으면서도 책이 갖고 싶어서 또 사게 된다고 했다. 그 마음이 어떤 것인지 충분히 안다. 나 역시『데미안』이나『위대한 개츠비』외에 두세 권 되는 책이 여럿이다. 더 좋은 번역을 찾다 보니 그렇게 되었다.『데미안』의 경우에는 헤세의 아름다운 문체를 너무 간략하게 단문으로 처리해 두면 읽는 재미가 없다.『그리스인 조르바』역시 너무 투박하고 거친 표현은 내 마음이 거부를 한다. 그런 연유로 나는 좋은 책을 찾아서 헌책방을 자주 드나든다. 거기서 뜻밖의 보물을 찾게 되는 경우가 있다. 로맹 가리의『마법사들』과 안톤 체호프의 단편집, 괴테의『이탈리아 기행』같은 보물을 그렇게 찾았다.

좋은 책을 읽을 때마다 느끼는 것이지만 시공간을 초월해서 스승으로 삼고 싶은 분들을 만나면 문득, 글을 벗 삼은 내 삶이 기쁘기도 하고 행운을 누리고 사는 것 같아서 행복하기도 하다. 조용한 카페에서 글벗과 마주앉아 문학 얘기로 시간 가는 줄 모르고 앉아 있을 때면 감춰둔 복주머니 하나를 열어젖힌 기분이 들기도 한다.

거꾸로 가는 시계

피츠제럴드는 1920년에 첫 장편소설 『낙원의 이쪽』을 발표하고 이어서 소설집 『말괄량이 아가씨들과 철학자들』을 출간하고, 『아름답고 저주받은 사람들』, 『밤은 부드러워라』 등을 발표했다. 『위대한 개츠비』는 1925년 4월에 출간했다. 한 여자를 향한 개츠비의 지극한 순애보와 화려한 파티에 감춰진 위선과 파멸 등의 이율배반적인 반영이, 전쟁 후의 스산하고 삭막한 분위기를 사랑의 환상으로 채워주며 잠시나마 삶의 위기를 잊게 해주지 않았을지. 피츠제럴드의 단편소설 중에 〈운명〉에 관한 화살 같은 문장이 있어서 잠깐 옮겨본다.

"나는 운명이다. 나는 너의 보잘것없는 계획보다도 강하고, 사물이 귀착되는 결말이고, 너의 작은 꿈의 구슬픈 말로이다. 나는 화살같이 지나가는 시간이고, 사라져가는 아름다움이며, 충족되지 않는 욕망이다. 온갖 우연, 간과된 것, 결정적인 시기를 형성하는 일각 일각, 그것들은 모두 나의 것이다. 나는 어떠한 규칙에도 얽매이지 않는 예외이고, 너의 힘이 미치지 못하는 것이며, 인생이라는 요리의 양념이다."

- 『컷 글라스 보울』 중에서

문장공부에 열중할 때는 멋진 문구를 발견하면 큰 소리로 따라 읽고, 베껴 쓰고, 문우들에게 읽어주기도 했다. 『위대한 개츠비』를 만난 건 『벤자민 버튼의 시간은 거꾸로 흐른다』를 읽고 난 후였다. 그 놀라운 단편소설이 작가에 대한 관심을 불러일으켰다. 『위대한 개츠비』를 비롯하여 사회적 부패와 위선을 꼬집은 작품들이 모두 피츠제럴드 생전에는 크게 주목을 받지 못했다. 그의 실망이 얼마나 컸을지 짐작이 되고도 남는다.

그렇지만 그는 무려 160편 이상의 단편소설을 써낸 작가라는 사실을 기억해야 할 것 같다. 돈을 위해서 상업적인 글을 쓰기도 했지만 그는 유난히 단편소설에 애착이 많은 작가였다. 헤밍웨이와 윌리엄 포크너, T.

S. 엘리엇과 더불어 1920년대를 화려하게 장식한 반면 사치스러운 생활의 탐닉으로 곤궁함에 빠지기도 했다. 그에 관한 재미있는 일화가 있다. 첫 번째 소설집 『말괄량이 아가씨들과 철학자들』의 원고를 출판사로 보내며 읽을 가치가 있는 것, 재미있는 것, 쓰레기로 분류한 메모지를 동봉했다고 한다. 상업적 예술적으로 성공을 거두기도 하고 냉담한 대우를 받기도 했던 그가 스스로 쓰레기라고 분류한 것이 어떤 소설인지 궁금하다. 자기 작품을 두고 냉정한 비판을 하기가 얼마나 어려운지.

그의 단편소설 중 좋은 작품이 많지만 나는 우화적 발상이 뛰어난 『벤자민 버튼의 시간은 거꾸로 흐른다』를 개인적으로 가장 좋아한다. 그 소설을 써놓고 피츠제럴드는 '내가 쓴 가장 재미있는 단편소설'이라고 말했다. 그는 마크 트웨인의 글을 읽고 그 소설을 구상했다고 한다.

영화 〈벤자민 버튼의 시간은 거꾸로 흐른다〉를 보면 시작과 끝 부분에, 전쟁터에서 죽은 아들을 위해 눈 먼 시계공이 만든 거꾸로 가는 시계가 나온다. 과거로 역행하는 시간을 따라 전쟁에서 죽은 청년들이 기차를 타고 되돌아와 부모의 품에 안기는 장면이 있다. 시간을 거스르는 그 슬픈 장치가 무척 마음에 들었다. 영화는 시각적인 효과가 큰 장르여서 관객에게 가닿는 효과가 빠르고, 소설은 심리적인 추이로 서사를 느끼는 장르여서 영화만큼 직접적이지 않지만 천천히 다가가는 만큼 울림이 크다.

소설을 영화화한 작품이 원작을 능가하기 어려운데, 이 작품은 영화도 소설도 모두 근사했다. 노인으로 태어난 벤자민이 점점 젊어지다 나중에는 아기가 되어 사랑하는 여자의 품에 안겨 죽음을 맞는 결말이 어떤 소설을 떠오르게 한다. 알레호 카르펜티에르의 소설 『씨앗으로 가는 여행』이 딱 그런 소설이다. 임종에서부터 탄생에 이르기까지, 한 사람의 삶을 액자 형식으로 그려낸 소설의 역행을 읽으며 여러 가지 생각에 들볶였던 기억이 난다. 소설의 흐름을 보여주는 문장 한 부분을 소리 내어 읽어보자.

촛농이 줄어들면서 양초가 점점 자라났다. 원래의 크기가 되었을 때 수녀는 촛불을 끄고 성냥갑을 치웠다. 심지는 탄 흔적을 지우고 하얗게 변했다. 방문객들은 텅 빈 집에서 나가더니 마차를 타고 한밤중에 떠났다. 돈 마르시알은 가쁜 숨을 몰아쉬며 눈을 떴다.

- 알레호 카르펜티에르, 『씨앗으로 가는 여행』 중에서

시간을 되돌린다는 상상이 얼마나 마음을 설레게 하던지. 그 지나간 시간 속에 괴로움으로 방황하던 내 십대가 있고, 아버지의 자전거 뒷자리에 앉아서 강둑을 달리던 어린 날의 내가 있다. 로렌스의 시가 생각난다. '추억의 홍수에 내 어른은 떠내려가고, 나는 아이처럼 옛날 생각으로 목 놓아 운다.' 지난 시간이 로렌스에게 어머니의 작은 발과 피아노를 되돌려 준다. 영화 〈벤자민 버튼의 시간은 거꾸로 흐른다〉는 소설을 영화화했지만 거꾸로 가는 시계를 활용했다는 점에서 소설보다 울림이 컸다. 그 시계가 내내 마음에 따라다녔다.

재의 골짜기와 초록색 불빛

『위대한 개츠비』는 제이 개츠비의 낭만적 사랑과 꿈을 담은 소설이다. 그 사랑의 판타지에 제 1차 세계대전을 치른 1920년대의 시대적 혼란이 깔려 있고, 부를 세습받거나 불법으로 재산을 모은 상류사회의 부패와

도덕적 타락을 통해 전후 시대의 혼돈을 반영한다. 개츠비는 커다란 저택을 사들여 주말마다 파티를 연다. 파티를 좋아해서? 아니면 사람들을 끌어모으는 게 좋아서? 아니다. 그는 자신의 푸른 정원에 어떤 사람이 다녀가는지 관심도 없고 그들과 섞여 친하게 지내려는 의지도 없다. 파티에 참석하는 사람들 역시 개츠비를 알건 모르건 드레스 자락을 끌며 몰려와 진탕 먹고 마시며 놀다 간다. 화려한 파티의 흥취와 상관없이 개츠비는 별개의 존재로 겉돌며 형식적인 접대를 할 뿐이다. 손님들과 진심 어린 대화 한 마디 나누지 않고 어울려 즐기지도 못하면서 어째서 주말마다 파티를 열까? 무대를 펼칠 때는 그에 상응하는 무엇이 분명히 있을 텐데 가식적인 웃음소리와 말소리, 그의 집 언덕을 오르는 번잡스러운 자동차의 물결에도 불구하고 개츠비는 파티를 찾아온 이들의 질시만 받을 뿐, 감사의 인사는 고사하고 어느 집에서도 초대를 받지 못하는 불청객이다. 파티를 연 사람이나 파티에 참석한 사람이나, 그들은 서로에게 철저히 타인이었다.

이웃과 마음을 이어줄 끈이 없어서일까.

그것은 개츠비의 마음이 다른 곳에 가 있기 때문이

다. 다만 놀 곳을 찾아오는 사람들 사이에서 개츠비는 딱 한 사람만을 기다린다. 개츠비는 5년을 기다려 그 커다란 저택을 샀다. 롱아일랜드에 한 쌍의 계란 모양 을 이루는 만灣 건너편에 데이지가 살고 있다. 주말마 다 초대받지 않은 손님들의 가식적인 웃음과 치졸한 욕망의 분출을 지켜보며 그녀가 와주기를 기다린다. 이 세상에 당신만큼 보고 싶었던 사람이 없었다는 표 정으로 그를 쳐다보던 여자. 귓속말을 하듯이 몸을 숙 이고 속삭이던 여자. 개츠비는 자신이 연 파티에 데이 지가 나비처럼 사뿐히 날아올 거라고 믿는다. 파티에 온 손님들은 누구의 집에서 먹고 마시며 노는지도 잊 은 채, 집주인이 살인자라느니 첩자라느니 확인되지 않은 추측을 난무하며 개츠비의 푸른 정원을 부나비처 럼 떠돈다. 그들의 모습이 유리를 통과한 빛의 굴절 같 아 보인다. 화려함 뒤에 감춰진 자본주의의 본성. 아무 런 목적 없이 호화롭기만 한 파티의 진위를 일러주는 문장이 있다.

"그가 알고 싶어 해요. 언젠가 데이지를 집으로 초대하 게 되면, 자기도 불러줄 수 있는지." 이토록 겸손한 요청을 들자 나는 놀라서 몸이 다 떨릴 지경이었다. 그는 오 년을 기다려 저택을 산 다음 우연히 날아드는 나방들에게 별빛을 나누어주었다. 정작 자신은 언젠가 남의 집 정원에 건너갈 수 있기만을 바라며.

- 『위대한 개츠비』 114p

　무지개 같은 환상이 어려 있어서 사랑이 아름다운가. 어느 순간에 걷히고 말 허상이지만 사랑에 도취된 순간만은 비할 데 없이 아름답다. 밀처럼 자란 재의 산마루와 만 건너편의 초록 불빛, 산처럼 쌓인 오렌지 껍질 같은 상징적인 도구가 개츠비의 사랑처럼 애틋하다. 개츠비가 데이지에게 원하는 것은 남편 톰에게 가서 "나는 당신을 단 한 번도 사랑한 적이 없어요." 하고 말하는 것이다. 그러면 개츠비는 자유로워진 그녀와 결혼식을 올릴 생각이었다. 소설의 화자인 닉 캐러웨이에게 데이지는 먼 친척 여동생이었다. 개츠비가 그를 파티에 정식으로 초대한 것도 데이지와 가까워질 수 있는 계기를 마련하기 위한 것이기도 하다. 파티를 마치고 돌아가는 사람들을 배웅하며 개츠비는 밤하늘의 별빛을 쓸쓸히 쳐다본다. 그가 만 건너편을 쳐다보며 말한다. "그곳의 부두 끝에는 항상 초록빛 불이 켜져 있더군요." 그 불빛은 개츠비에게 데이지를 손닿을 만큼 가까운 곳으로 당겨주는 깊은 의미이기도 하다. 그가 바라본 것은 별빛이 아니라 만 건너편에서 반짝이는 초록색 불빛이고, 데이지와 사랑을 나누던 시간으로 돌아가는 과거로의 역행이다. 화려함 뒤에 감춰진 개츠비의 모습이 재의 골짜기에 쌓여 있는 잿더미처럼 쓸쓸하게 다가왔던 건 그를 에워싼 깊은 고독 때문이다.

아름다운 조우

개츠비가 5년 만에 데이지와 조우하는 모습이 소설을 서정적인 아름다움에 녹아들게 한다. 다시 만난 첫사랑 앞에서 개츠비는 순수하게 빛나는 떨림으로 그녀를 바라본다. 그는 5년이라는 공백을 건너서 데이지가 눈앞에 있다는 사실에 놀라며, 이미 다른 남자와 결혼해서 아이까지 가진 그녀를 되찾고자 한다. 닉 캐러웨이가 말한다. 자신이라면 그녀에게 너무 많은 것을 요구하지 않겠다고. "과거는 반복할 수 없지 않습니까." 그 말에 개츠비는 모든 것을 오 년 전과 똑같이 돌려놓

겠다고 큰소리친다. 절망적인 어조로. 그 역시 이미 알
고 있는지도 모른다. 지난 시간을 되돌릴 수 없음을.
그럼에도 그는 불빛 주위를 떠도는 부나비처럼 허무한
날갯짓을 거듭한다.

　노래하듯이 속삭이는 데이지의 목소리가 개츠비의
마음속에 폭풍 같은 기대와 환상을 부추기며 돌이킬
수 없는 곳으로 이끈다. 그 마술 같은 만남이 데이지를
일편단심으로 사랑해 온 개츠비의 지난 시간을 꽉 채
워주리라 믿게 만든다. 데이지의 목소리가 돈에 대한
탐욕으로 가득 차 있다는 걸 알고 있으면서도. 그 깨달
음은 세월의 흐름을 느끼는 고통스러운 인식이다. 그
러나 사랑의 환상은 인간의 그리움이나 아픔에 아랑곳
없이 무한정으로 제 몸을 키워간다. 개츠비를 걷잡을
수 없는 지경으로 몰아붙이며.

　그 지독한 사랑의 허무함이라니. 개츠비의 사랑에 아
랑곳없이 데이지는 정비사의 아내이자 남편 톰의 정부
이기도 한 버틀 윌슨을 음주운전으로 치어 죽이고는
개츠비에게 그 죄를 뒤집어씌운다. 화자인 닉 캐러웨
이가 일러준다. "그 인간들은 썩어빠진 족속들이오."
그들 모두를 합쳐놓은 것보다 당신 한 사람이 훌륭하

다고 말해주지만 사랑에 눈이 멀고 귀가 먹은 개츠비에게는 하나마나한 소리다.

> 그들은 경솔한 인간들이다. 물건이든 사람이든 부숴버리고 난 뒤 돈이나 엄청난 무관심 또는 자기들을 묶어주는 것이 무엇이든 그 뒤로 물러나서는 자기들이 만들어낸 쓰레기를 다른 사람들이 치우도록 하는 족속들이었다.
>
> - 『위대한 개츠비』 253p

닉 캐러웨이의 그런 통찰이 무슨 소용인가. 톰과 데이지는 버틀 윌슨을 죽인 사람이 바로 개츠비라고 일러주고는 가방을 꾸려 달아나고 만 것을. 버틀의 남편 조지 윌슨은 총을 들고 개츠비의 저택으로 간다. 그는 개츠비를 쏘아죽이고 자신도 죽고 만다. 5년 만에 만난 개츠비의 사랑은 여자의 배신으로 무참하게 끝난다. 무모한 사랑의 말로가 애잔하다.

톰과 데이지처럼 세습된 부로 가난을 모르고 산 이들에게 타인들이란, 그들이 먹고 버린 오렌지 껍질에 지나지 않는다. 그러고도 그들은 자신들의 일방적이고 폭력적인 행위를 당연하고 정당한 것으로 여긴다. 그들에게 중요한 것은 오직 자신뿐이고 타인에 대한 배려나 사랑은 애초에 존재하지 않는 단어다. 개츠비처럼 사랑의 환상을 믿는 순수한 이들만 그 사실을 모르고 있다. 밀주와 증권을 팔아가며 돈을 모은 개츠비의 꿈과 사랑, 이상은 한순간에 빛을 잃으며 추락하고 만다. 어이없이 슬픈 결말을 맞고 말았지만 그의 좌절은 자본주의의 예견된 말로로 여겨지기도 한다. 물질은 인간을 만족시키기에 너무 크고 허망한 거품이 아닌가. 사랑이라는 환상처럼.

개츠비의 죽음으로 여러 가지 생각을 해본다. 생애의 전부를 걸 만큼 지나간 사랑이 그토록 절실했을까? 데이지에게는 지나간 사랑이고, 개츠비에게는 이제나 저제나 영원한 사랑이다. 사랑은 두 사람이 함께 나눌 때 그 가치를 더하는 것이지만 서로 주고받는 비중도 다르고, 느낌도 다르고, 탈색하는 시간조차 다르다. 사랑! 그것은 더 많이 사랑하는 사람을 다치게 하는 폭력적인 성격을 띠고 있다. 인간을 극단의 순간으로 몰고 가는 그것의 정체가 사랑의 실체일까 환상일까. 생각해 보니 그 모두를 합친 것의 정체는 외로움이었던 것같다. 파티가 끝난 마당에서 먼 곳의 초록 불빛을 바라보며 홀로 서 있는 개츠비의 모습은 언젠가 내가 그렇게 서 있어 본 것 같은 느낌을 갖게 한다.

단편소설을 소설의 꽃이라며 날밤을 새워 읽고 토론하던 것이 엊그제 일 같다. 사랑도 문학도 알 듯 말 듯 할 때가 가장 재미있다. 몰라서 용감할 수 있고, 강하게 주장할 수 있고, 의견을 제시하기에 머뭇거림이 없다. 모르기 때문에 부끄러움조차도 모른다. 불타는 의욕에 온통 자신을 맡긴 시기가 있었기에 오늘이 있다. 가끔 젊고 패기 넘치던 그 시절이 목이 타게 그리운 것은 소설 속 화자의 말대로 과거는 반복할 수 없고, 옛 시간으로 되돌아가지 못한다는 걸 알기 때문일 것이다.

참고자료

『위대한 개츠비』, F. 스콧 피츠제럴드, 김욱동 옮김, 민음사, 2003.
『벤자민 버튼의 시간은 거꾸로 흐른다』, F. 스콧 피츠제럴드, 공보경 옮김, 노블마인, 2009.

세상의 뜻있는 일부

- 마루야마 겐지, 『물의 가족』

마루야마 겐지의 소설은 참 개성이 또렷하다. 22세에 아쿠타가와상을 받은 「여름의 흐름」을 포함해서 여섯 편의 단편소설을 담은 소설집 『좁은 방의 영혼』이 그렇고, 근작인 『세계폭주』가 그렇고, 그의 여러 작품 중에서 『물의 가족』이 더욱 특별하다고 해야 할 것 같다. 문체가 드물게 시각적 아름다움을 갖고 있는가 하면, 죽음을 중심에 둔 음울함을 문장의 미학으로 말끔히 걷어내며 소설을 살려낸다. 자칫 구태의연한 소설이 될 수 있었던 퇴폐적인 소설을 물이라는 매개체로 승화시켰다고 해야 할까. 소설 속의 구원도 거북이나 연, 피리 등의 소도구를 통한 점층법으로 납득이 가게 풀어냈다. 죽음으로 영혼의 구원을 이룬 소설을 한 편의 대서사시로 만든 것은, 시적 알레고리로 짜내려간 물과 구원이라는 메커니즘의 연결이라고 해야 할 것 같다.

『물의 가족』을 처음 만났을 때가 생각난다. 다자이 오사무, 미시마 유키오, 요시모토 바나나와 무라카미 하루키 같은 작가들의 소설을 읽으며 일본문학에 관심을 갖던 중에, 『물의 가족』을 읽고는 다른 책을 다 내려놓았다. 물을 소재로 한 문장을, 이리도 관능적으로 아름답게 쓴 작가가 있다는 사실에 충격을 받았다. 야에코가 알몸으로 물을 헤치고 오는 도입부의 설정으로 시각적 이미지 효과를 톡톡히 누렸다. 그러나 그것은 야에코가 아니라 커다란 바다거북이었다는 사실적 반전까지.

『물의 가족』은 서른 번째 생일도 못 채우고 죽은 주인공의 영혼이 고향인 쿠사바 마을을 둘러싼 물의 성스러움으로 자기 과오를 씻고 구원을 받는다는 삶의 순환과정을 보여주는 소설이다. 처음 이 책을 읽고 범상치 않은 문장에 취해서 몇 번이나 읽고 또 읽었다. 물을, 관능적인 표현과 더불어 인간의 과오까지 치유하고 구원해 주는 성수로써의 효과로 끌어올린 서사의 완결성에서 나는 치열한 작가혼을 보았다.

'나는 끝난 것이 아니라 시작된 것이다.'

죽은 자는 물망천의 일부가 되어 여전히 흐르고 흘러
간다. 용처럼 꿈틀거리며. 물레방아를 시작으로 이 책
의 모든 인물이 물로 이어져 있다. 실제로 일본에 가보
니 과연 물이 많은 곳이라는 느낌을 받았다. 강물처럼
깊고 넓은 잿빛 천변의 유유한 흐름을 보며 가장 먼저
생각한 것이 『물의 가족』이었다.

　　지금의 나에게 필요한 것은 고독과 정양과 정적, 그리고
　　물망천 건너 기슭에서 바람이 가끔 실어오는 쿠사바 마을
　　에 막 생겨난 하얀 안개이지.

-『물의 가족』 7p

『물의 가족』은 일단 아름답다. 소설 내용이 아니라
인물의 심상을 담은 문장의 결이 잔물결처럼 감미롭
다. 『금각사』를 처음 만났을 때 강한 불의 느낌을 받았
다면 『물의 가족』은 반대로 잿빛 물살의 우아한 선정
성과 허무의식이었다. 아름다움의 극치에 이른 것이
모두 저렇게 고운 결을 갖고 있다고 느낀 순간 무릎에

서 힘이 빠져나갔다. 물론 탐미적인 내 취향일 수 있지만, 그렇다고 해도 나는 이렇게 문장으로 독자를 압도하는 작가를 존경하지 않을 수 없다.

물레방아가 있는 마을

주인공이 태어나고 자란 쿠사바 마을에 세 바퀴 물레방아가 있고 물망천을 흐르는 물이 있다. 한밤에, 수초처럼 긴 머리를 나부끼며 야에코가 알몸으로 헤엄을 친다. 그녀는 대숲 깊숙한 폐옥의 그를 찾아서 폭이 1km나 되는 물망천을 건넌다. 서른 번째 생일을 앞둔 그는 가끔 자전거를 타고 물건을 사러 가거나 빨래를 하러 갈 뿐, 누구와도 만나지 않는다. 대숲 폐옥으로 들어온 이후 그는 쿠사바 마을의 물 이야기를 파란 노트에 써나가는 중이었다. 대숲 한가운데 커다란 녹나무가 있다. 고목이 내뿜는 향기가 해충을 막아주고 시체가 썩지 않게 방부제 역할까지 해준다. 대숲 사이의 폐옥에 죽어 있는 시체. 그가 바로 이 소설의 주인공이다. 자신이 죽은 것은 시를 쓰지 않고는 살 수 없는 사람으로 태어났기 때문이라고 한다. 짧지만 그래도 충분히 살았다고, 그래서 통한이라든가 회한이 거의 없

다고. 빛과 어둠 속에서 無가 되어 소멸하던 그는 구원
받은 것 같다며 두 번째 죽음을 받아들인다. 그는 거북
이가 사라진 망망한 바다를 향해 조용히 떠내려간다.
이렇듯 소설 전체가 자기 성찰로 가득하다.

거북이 활용법이 눈에 띈다. 밤에 누군가 물망천을
헤엄쳐 건너는 물소리가 들린다. 그는 펜을 놓고 물소
리에 가만히 귀를 기울인다. 강을 건너는 검은 환영을
눈으로 본 듯이 환하게 그리며, 알몸으로 물을 건너는
여자를 꼭 안아주자고 가슴을 열어 기다린다. 그는 자
신이 언제 죽었는지 잘 모른다. 아마 수조에서 물이 빠
지듯 천천히 죽었을지도. 그러나 물망천을 헤엄쳐 건
너온 것은 그가 기다리던 야에코가 아니라 바다거북이
다. 거북이는 눈물을 끝도 없이 흘리며 그를 바라보고
있다. 거북이의 눈물을 보며 그는 구원을 받는 느낌을
받는다. 소설 앞부분에 어망에 걸린 거북이를 아버지
가 풀어주었는데 소설의 뒷부분에 또 한 번 거북이가
어망에 걸린 것을 야에코를 사랑한 어부가 살려 보낸
다. 그것은 불현듯 세상을 떠난 영혼에게 보내는 생명
의 기원이어서 더 의미가 깊다.

거북이가 물속으로 사라지고 그는 물 건너 쿠사바 마

을의 야경을 홀린 듯이 바라본다. 마침내 그는 폐옥을 떠나기로 한다. 물 건너의 갈대숲에 가족들이 살고 있다. 아버지와 어머니, 할아버지, 형과 형수, 동생, 다섯 살 아래의 야에코가 있다. 그녀는 그의 여동생이다.

 오 년 전에 야에코에게 다른 데서 살자며 집을 나가자고 했다. 세 번이나 말했지만 야에코는 가을이 되면 자동차 면허증을 따야 한다며 거절했다. 그것이 그와 누이의 마지막 대화였다. 그는 머리가 약간 모자라는 야에코가 걱정이 된다. 자신의 죽음을 내려다보는 그의 고독과 외로움이 소설을 잠식한 물처럼 고요하고 정적이다. 그는 밤의 달빛과 햇빛을 받아 온통 빛나는 물이 된다. 물에서 피어오른 수증기는 구름이 되고, 쿠사바 마을을 떠돌다 비가 되어 부서지고 흩어져 고향 마을의 일부가 된다. 물방울이 된 그는 갓 태어난 아기의 이마를 때린다. 아버지가 누군지 모르는 야에코의 아기. 야에코는 신음 한 번 지르지 않고 갈대숲에서 혼자 아기를 낳는다.

 아무의 도움도 받지 않고, 아무도 지켜보지 않고, 신음 소리 하나 내지 않고, 깊은 갈대숲 속에서 출산을 마친 여

자는, 배꼽 줄과, 그것을 선뜩 끊어버린 칼을 발밑에 밀려
오는 잔물결로 씻고, 물기를 꼼꼼하게 닦고 나서, 노란색
헝겊가방에 집어넣는다.

- 『물의 가족』 31p

그녀는 갓 낳은 아기를 차가운 강물에 풍덩 담근다.
양수와 피를 씻어 내리듯 강물이 출생의 비밀과 죄악
을 씻어준다. 이 순간 물은 성수이기도 하고, 생명의
근원이기도 하다. 타월로 아기의 몸을 닦으며 야에코
는 마음껏 운다. 실컷 울고 나서는 빛과 물과 바람의
산실을 떠난다. 물이 근친상간의 죄를 씻어주고 그들,
엄마와 아기를 구원해 주었기 때문에 그녀는 가벼운
마음으로 노래를 부르며 간다. 그녀는 그 힘든 출산의
과정을 혼자 감당해 냈다. 야에코는 아무에게도 기대
지 않고 어머니가 되었다.

운전면허증을 딴 그녀는 아기가 들어있는 소쿠리를
옆자리에 싣고, 손수 자동차를 몰아 할아버지가 있는
목장으로 간다. 그녀는 할아버지에게 아기 낳은 과정
을 들려준다. 아기 낳는 모습을 아무에게도 보여주고
싶지 않았고, 말처럼 야외에서 아기를 낳고 싶었다는

이야기를 빠른 말투로 떠들어댄다. 탐욕스럽게 먹고 마시며. 그는 야에코가 낳고 싶은 아기를 낳았을 뿐이라고 생각한다. 지능이 조금 떨어지지만 때묻지 않은 순박함을 더하여 야에코는 이 소설에서 유일하게 삶의 에너지와 생명력으로 충만한 인물이다. 소설 전체에 죽음의 기운이 성성하지만 야에코의 활기찬 생명력이 혼탁함과 음울함을 씻어준다.

그는 폐옥을 떠나는 것으로 더는 야에코를 기다리지 않는다. 쿠사바 마을과 가족을 잊고 어딘가에서 건전한 여자를 만나 아이를 낳고 살고 싶다는 생각을 한다. 그러다 보면 조금씩 세상에 녹아들어 갈 거라고. 대숲의 폐옥을 떠나기 전에 그는 시신 옆에 앉아서 자신의 신체를 바라본다. 책상에 엎드린 채 미동도 하지 않는 그 모습을. 세상을 떠날 때의 마지막 모습이다. 그가 말한다.

'나는 죽어버렸는가 보다.'

그의 곁에 파란 노트와 구덩이를 파서 벌은 돈이 있다. 그는 그 돈을 야에코에게 주고 싶다. 어머니의 치료비로 쓰고 싶기도 하다. 야에코를 잊으려고, 살아 있다는 사실마저 잊으려고, 매일매일 쉬지 않고 구덩이를 팠다. 구덩이를 아무리 깊게 파도 그를 묻어주지 않았다. 대숲과 녹나무의 깊은 그늘이 짙다.

아름다운 문장에 비해 소설 속의 인물들이 너무나 퇴폐적이다. 글을 쓰다 죽은 그는 근친상간으로 돌이킬 수 없는 패륜을 저질렀고, 남동생은 유흥비로 날린 빚을 갚기 위해 바닷속으로 들어가 남의 전복을 따고, 여동생은 말처럼 아버지가 누군지도 모르는 아이를 낳았다. 형수는 남편이 아닌 남자에게 이끌려 자신의 처지를 잊고 있다. 책상에 엎드린 채 죽어 있지만 아무도 그를 찾아오지 않는다. 누구도 그가 거기서 죽어 있는 걸 모른다.

모든 걸 꿰뚫는 혜안을 가진 할아버지 말에 의하면 그는 단명할 운을 타고난 인물이다. 어쩌면 그는 손자가 녹나무 그늘에 죽어 있는 사실을 이미 알고 있는지도 모른다. 이상하게 일본소설에는 이렇게 사위스럽고 신산한 소설이 많다. 죽음에 대한, 죽음을 바라보는, 죽음을 소재로 한 소설이. 죽음을 표현하는 방법도 그로테스크하다. 소설의 흐름이 물망천의 잿빛 흐름만큼이나 혼탁하고 사위스러운데도 눈길을 떼지 못하게 하는 건 소설을 압도하는 문장력이다. 시각으로 보고 느끼게 하는 이미지로서의 아름다움이 소설을 놓지 못하게 한다.

소설가의 각오

소설계의 선승이라고 칭하고 싶을 정도로 절제된 생활을 하는 작가 마루야마 겐지, 그의 출발은 사형수를 다룬 소설 『여름의 흐름』이었다. 그 소설로 그는 22세에 아쿠타가와상을 받았다. 『보라, 달이 뒤를 쫓는다』, 『천년 동안에』, 『달에 울다』 등, 많은 작품을 써낸 그는 궁핍함에 시달리는 소설가의 전망 없는 삶에서 살아남기 위해 덤프트럭에 석재 싣는 일을 하고, 생활비까지 줄여가며, 산속 외딴 집에 산다. 그럼에도 불구하고 소설을 써야 하는가, 하는 물음에 대해서 그가 명확한 답을 해준다.

'지금 못 쓰면 나중에도 못 쓴다.'

아마 소설가들이 책상을 떠나지 못하는 이유라고 해야 할 것이다. 『물의 가족』만큼이나 재미있게 본 것이 그의 산문집 『소설가의 각오』다. 그 산문집에 작가의 소소한 일상이 숨김없는 담백한 어조로 담겨 있다. 산촌의 밤을 묘사한 부분을 잠깐 옮겨본다.

달이 떠 있든 떠 있지 않든 산촌의 밤에는 무시무시함이
떠다닌다. 도시에서는 밤이 시간을 두고 점차 깊어가지만
산촌의 밤은 해가 떨어진 그 순간 느닷없이, 깊은 수조 가
득 채워진 물이 일시에 빠져나가는 것 같은 놀람과 함께
찾아온다.

- 『소설가의 각오』 16p

문체 공부를 위해 천 시간쯤 소비했다고도 한다. 등
장인물의 성격에 따라, 혹은 그날의 기분에 따라 몇 종
류의 문체를 자유자재로 구사하고 싶어서 꿈속에서도
화들짝 놀라 잠이 깰 정도로 문장을 좇아다녔다고. 산
문집은 작가의 그런 생생한 고백을 읽을 수 있어서 좋
다. 그 책에는 제목대로 소설가의 지난한 노력과 각오
가 날것 그대로의 생생한 육성으로 들어 있다.

『물의 가족』은 물을 중심에 둔 소설이어서 가족을 한
사람씩 불러내는 방법도 물과 관련이 있다. 배를 타는
아버지, 전복을 훔치는 동생, 마을의 물레방아 옆에서
외간 남자의 차를 타고 사라진 형수. 그 모든 것이 물

과 관련되어 있다. 이 책에서 물은 죽음의 원인이기도 하고 영혼을 씻어주는 구원의 매개체이기도 하다.

야에코는 대밭에서 혼자 낳은 아기를 큰오빠 내외에게 맡긴다. 올케가 시누이의 아기를 받아 안는 순간 부부 사이의 위태로움이 안정을 되찾는다. 부부에게는 아기가 생기지 않았다. 야에코는 그 아기를 올케에게 맡기고 춤추는 사람이 된다. 아기가 큰오빠 내외와 가족들에게 희망을 주고 생명의 기운을 되찾아 준다. 아기는 생명의 근원이기도 하고 삶에 던져준 희망이기도 하다. 더 이상 아기의 아비가 누구인지는 의미가 없다. 아기와 야에코는 그 존재 자체로 농장의 건강한 말처럼 생기가 넘친다.

패륜과 퇴폐적인 스토리에도 불구하고 이 소설이 아름다운 건 이런 구원의 요소로 서로가 결속되어 있기 때문이다. 쓰러뜨렸으면 손을 잡아줘서 일으키는 게 맞다. 인동꽃의 달콤한 향기와 성애의 충동, 둔감해지는 도덕관념 등, 물레방아에 변태성욕자로 이름이 붙여진 남자를 매달아서 죽게 만드는 방식이 너무나 처참하지만 그것 또한 집단 이지메라는 사회현상을 반영하는 방식이 아닐까 여겨진다. 실제로 그가 변태성욕

자라는 증거는 어디에도 없다. 추측일 뿐. 한 사람을 따돌리다 못해 궁지로 몰아넣어 기어이 죽음에 이르게 하는 그것은 현대사회가 안고 있는 문제이기도 하니.

마루야마 겐지는 일본 소설가 중에서도 매우 자유로운 의식을 가진 야인이다. 오토바이를 타고 사막을 질주하는가 하면 세상에서 한 걸음 뚝 떨어져 산골에서 홀로 글을 쓰기도 하고, 홀로 독야청청 자기 세계를 누리고 사는 독특함으로 랭킹을 매기자면 1, 2위는 다툴 것 같다. 우선 문학상을 거절하는 것을 시작으로, 사람을 잘 만나지도 않고, 하루 일정량의 소설 쓰기로 규칙적인 시간을 철저히 지키는가 하면, 작업 중에는 록뮤직을 크게 틀어놓고, 소설에의 정열이 식으면 작가를 그만두겠다며 자기 나름대로의 철저한 기준을 갖고 있는 사람이다.

하루에 원고 몇 매를 쓴다거나, 소설을 끝내기 전에는 강의와 잡문을 일체 맡지 않는다거나, 두문불출 내지 산속으로 들어간다든지, 작가에게는 누구나 자기만의 작업 기준과 방식이 있을 것이다. 장편이든 중편이든 단편과 같은 농도와 높은 완성도를 지향하며 써야

하고, 장편소설은 길어서 결점이 감추어질거라고 여긴
다거나, 빠뜨린 부분이 있으면 나중에 보충하면 된다
고 가볍게 생각하면 안 된다고 『소설가의 각오』에서
단단히 일러준다. 그는 머리를 빡빡 깎고 들어박혀 혼
자만의 세계에서 오로지 글을 위해 수도승처럼 절제하
며 산다. 『세계폭주』를 봐도 그렇고, 그는 야생마처럼
아무도 가보지 못한 길을 향해 달린다. 그의 소설에는
살아 있는 그대로의 마루야마 겐지가 있다. 그에게는
삶이 그대로 소설이다. 실감나는 문장을 옮겨본다.

　　사막에서 길을 잃었을 때, 아무리 달려도 주위 풍경에
　변화가 없어 점차 자신감을 잃어 갈 때, 지도와 자석이 있
　음에도 눈에 매달리고 싶어진다. 인간의 감각 따위는 믿을
　게 못 된다는 것을 알면서도, 역시 눈을 믿고 싶어진다. 태
　양의 위치를 확인하려 하고, 조금이라도 높은 곳에 오르면
　뭐라도 보일 것이라고 정말 믿는다.

- 『세계폭주』 75p

　질주하는 동안 머릿속이 텅 비고, 세포 하나하나가
기분 좋게 긴장한다며 비포장도로, 임도길, 계곡길, 바

위투성이의 험로로 오프로드 바이크를 타고 세계를 누비는 야생마 같은 사람. 집필과 질주를 삶의 중심에 두고 사는 사람, 마루야마 겐지가 바로 그런 작가다.

참고자료

『물의 가족』, 마루야마 겐지, 김춘미 옮김, 현대문학, 1996.
『소설가의 각오』, 마루야마 겐지, 김난주 옮김, 문학동네, 1995.
『세계폭주』, 마루야마 겐지, 김난주 옮김, 바다, 2017.

한 방울 넘치는 행복

- 헤르타 밀러,『숨그네』

누군가가 내 안에 있다

'어떤 말은 사람을 살리기도 한다.'

『숨그네』의 주인공인 레오폴드가 5년간의 강제노동 수용소 생활을 마치고 돌아와서 한 말이다. 집을 떠날 때, 할머니가 마루복도에서 '너는 돌아올 거야.' 하고 말했다. 대수롭잖게 들었던 그 말이 그를 살게 해주리라곤 꿈에도 생각지 못했다. 사소하고 보잘것없는 말 한마디가, 인간과 세상을 구한다는 사실을 깨닫기엔 아직 이른 나이였다. 그는 열일곱 살이었다. 할머니의 그 말은 수용소 생활이 척박할수록 생명줄이기나 한 것처럼 점점 더 절실한 것이 되어 마지막까지 그를 붙잡아주었다. 말에도 빛깔이 있다. 생명의 빛깔, 열정의 빛깔, 죽음의 빛깔. 석탄을 팔러 갔던 수용소 마을의 어느 늙은 여인이 준 아마포의 흰빛이 순결함이었던 것처럼 레오가 꼭 들어올 거라고 기원한 할머니의 말도 아마포 같은 성스러움을 간직한 말이었다. 레오는 돼지가죽 트렁크 가장 깊은 곳에 넣어두었던 손수건을 집까지 가져왔다. 그 손수건이 의미하는 바가 매우 크다. 그것은 죽음의 골짜기에서도 레오를 마지막까지 살고 싶게 한 의지이기도 했고 빛이기도 했다.

소설은 우크라이나 강제노동수용소 생활의 극단적인 상황을 그리고 있다. 주인공 레오는 배고픔과 죽음의 공포로 점철된 수용소의 노역을 오 년 동안 견뎌냈다. 1945년 1월, 스탈린은 나치에 의해 파괴된 소련의 재건을 위해, 루마니아에 거주하는 17세에서 45세까지의 독일인들을 강제노동수용소로 보냈다. 당시 열일곱 살이었던 레오도 가축운반용 기차를 타고 시베리아의 혹한 속으로 들어가야 했다. 독일인이라는 이유로.

동성애자였던 레오는 고향을 떠나게 된 것이 두려우면서도 한편으로는 반갑고 기뻤다. 오리나무공원의 가장 은밀한 곳, 짧게 자란 잔디 언덕 뒤편에서 이루어지는 랑데부(동성애자들의 만남)의 유혹을 벗어날 길이라곤 고향을 떠나는 것밖에 없었다. 그것은 더럽고 수치스러우면서도 아름다운 그 무엇이며 금지된 것이었는데, 중독성이 강해서 스스로의 의지로는 벗어날 방법이 없다는 걸 알고 있었다. 누구에게도 들키지 않고 그곳을 벗어나는 길. 레오가 수용소로 가게 됨을 다행스러워한 것은 혼자만의 비밀을 침묵 속에 감출 수 있어서였다. 동성애법을 위반하면 죽도록 매를 맞고 죄수수용소로 끌려간다. 그렇게 잡혀간 사람은 영원히 돌아오지 못했다. 생각만으로 살 떨리는 위험을 무릅쓰며 피아노, 뻐꾸기, 침대테이블, 제비, 전나무, 꾀꼬리, 모자와 같은 그들만의 이름으로 만나서 들짐승처럼 사랑하고 헤어지기를 거듭한다.

아이러니하게도 유리구슬을 빠는 듯 치명적인 그 만남으로 인한 달콤함이 자신에게 얼마나 큰 모멸과 혐오감을 안겨주는지 모르지 않지만, 랑데부에 대한 유혹은 그가 멀리 하려고 애쓸수록 더 자주 가게 만든다. 그런 이율배반을 두고 그는 '자신을 훔친 도둑'이라고 스스로를 경멸한다. 강제노동수용소로 끌려가면서도 그는 혼자만의 비밀이 주는 수치심을 아무에게도 들키지 않은 것을 다행으로 여긴다. 그는 '뒹구는 돌에도 눈이 달린, 골무 같은 소도시를 벗어나 나를 모르는 곳으로 가고 싶다'고 한다. 감시와 밀고의 공포보다 랑데부에 대한 유혹이 더 무서웠다. 가족을 떠나 먼 곳으로, 아무도 모르는 곳으로 가게 된 것이 그에게 해방감을 주었다.

강제수용소라는 특수한 상황과 공원의 가장 은밀하고 구석진 곳에서 이루어지는 밀회의 대조적인 그림이 품고 있는 무거움이 팽팽한 긴장감으로 소설을 끌고 간다. 상황만 조금 다를 뿐, 어느 시대에나 어두운 구석은 존재했고, 초원을 맴도는 배고픈 들개 같은 외톨이가 늘 존재했다는 사실이 참 아픈 곳을 건드리는 소설이라는 생각을 갖게 한다. 문득 스스로에게 묻게 된다. 사람은 주어진 대로 살아가는 존재일까, 아니면 타고난 선의지대로 살아내는 존재일까.

소설의 제목으로 쓴 '숨그네'가 무엇일까? 소설 속에 슬래그벽돌을 찍는 장면이 있다. 표현이 어찌나 디테일하고 섬세한지 벽돌 나르는 장면이 눈에 훤히 그려질 정도다. 사르르 바스러지는 슬래그벽돌을 옮기는 장면이 '숨그네'라는 단어를 가장 적절하게 표현해 주는 것 같다. 슬래그벽돌은 슬래그와 시멘트, 석회유를 섞어 만드는데, 시멘트가 적게 들어간 탓에 벽돌을 나르다 숨만 크게 쉬어도 와르르 부서진다. 금방 찍은 벽돌을 건조장에 내려놓을 때는 호흡과 균형을 잘 유지해야 하는데 그 과정이 얼마나 조심스러운지 "운반되고 있음을 벽돌이 알아채면 안 되었다." 며 바닥에 온전히 내려놓을 때까지 숨을 참으며 벽돌을 놓다 보면 무릎은 덜덜 떨리고 손가락의 감각이 없어지는가 하면 온몸에 마비증세가 올 정도다. 벽돌 한 장을 위해 그렇게 숨을 참아가며 조심하지 않으면 회초리가 날아와 등짝에 찢어질 것 같은 아픔을 남기는 그 절박한 순간, 그네를 타듯이 흔들리는 생명의 비유, 숨그네.

헤르타 뮐러는 2009년 『숨그네』로 노벨문학상을 받았다. 『숨그네』는 아름다운 은유와 상징적인 비유가 뛰어난 소설이다. 소설 속에 헤르타 뮐러만의 별빛 같은 상징과 은유가 살아 숨 쉬며 수용소 소설의 무거움과 어두움을 덜어주고 있다. 소설을 읽으며 보물을 캐듯이 아름다움을 찾아 읽는 건 전적으로 독자의 몫이다. 읽기에 따라서 의미를 달리하며 소설은 여백의 미美로 무한한 깊이와 폭을 확보한다. 그러한 다양성에 대해서 헤르타 뮐러는 '작가는 쓴 것 이상을 말하지 않아야 한다'고 했다. 아마도 개인의 상상이 만들어낼 여백에 관한 암시일 것이다.

소설 속의 상징은 하얀 손수건이나 양배추 즙을 담은 두 개의 유리병, 배고픈 천사, 양을 목에 두른 성자를 비롯해서 심장삽이라든가, 랑데부, 엽서나 양철키스 정도가 될 것이다. 그 밖에도 소설 속에 강제수용소와 독재 치하를 뜻하는 '뼈와 가죽의 시간' 혹은 '배고픈 천사와 짝짓기' 등과 같은 헤르타 뮐러만의 낱말상자 속에 들어있었던 시적 은유들이 별 부스러기처럼 자잘하게 흩어져 있는가 하면 깊은 사유를 담은 문장에서는 자주 시선을 멈추고 뜻을 음미하게 된다는 것을 귀띔해 주고 싶다. 이 소설을 되새김질하며 읽는 동안 『숨그네』는 소설의 실제 인물이라고도 할 수 있는 시인 파스티오르의 숨결을 더한다. 그 시인은 헤르타 뮐러라는 여성작가에게 특별한 선물을 주었다. 수용소 체험을 구술했다는 시인 오스카 파스티오르는 강제노동수용소로 끌려가기 전까지, 시인 및 번역가로 활동한 문인이었다. 2006년 파스티오르가 타계하며, 헤르타 뮐러는 그 시인의 경험담을 토대로 『숨그네』를 완성했다.

독일로 망명하기 전 헤르타 뮐러는 차우셰스쿠 독재 정권에 반대하는 작가들의 모임인 '악티온스그루페 바나트'에서 활동했다. 그 모임에서 유일한 여성작가였던 그녀는 루마니아 비밀경찰의 감시를 받았고, 첫 작품인 『저지대』는 금서 조치되기에 이르렀다. 부농 출신이었던 외조부가 토지 국유화 방침에 따라 농지를 몰수당하기도 했다. 아버지가 나치 친위대에 부역한 적이 있고 어머니는 나치 제국이 패배하면서, 스탈린의 방침에 따라 우크라이나 강제노동수용소에 전후 복구를 위해 징집되어 5년을 보냈다. 헤르타 뮐러의 가족사는 이미 소설을 잉태하고 있었고, 『숨그네』는 세상에 나오기 위해 꿈틀거리고 있었던 소설이었다.

나는 자유를 두려워한다

노벨문학상 시상식에서 헤르타 뮐러는 "손수건 있니?"라는 말로 연설을 시작했다. 매일 아침 집을 나서기 전에 어머니가 그렇게 물었다고. 그녀는 손수건이 없어서 다시 집에 들어가 가지고 나왔다고 한다. 그 손수건이 그녀를 지켜주는 것 같아서 아침마다 그 말을 기다렸다는 말이 참으로 인상적이었다. 소설 속에도 손수건이 나온다. 마을로 석탄을 팔러 간 레오가 어느 집의 문을 두드렸다. 늙은 여인이 나와서 레오를 안으로 들어오게 했다. 그녀는 시베리아수용소로 간 아들이 아직 돌아오지 않았다며 레오에게 따끈한 수프를 주고, 눈물과 콧물을 흘리는 레오에게 하얀 아사포로 된 손수건까지 선물로 건넸다. 그 손수건으로 차마 코를 닦지 못하고 소중하게 간직했다가 레오는 집에 올 때 가져왔다. 여인에게는 거기 앉아서 콧물까지 흘려가며 수프를 먹는 레오가 그녀의 아들이었다. 레오는 하얀 손수건을 쥐고 있는 자신이 그녀의 아들이 아니라는 사실을 고통스러워했다.

목도리 끝자락으로 남의 눈에 띄지 않게 잠깐씩만 눈을 닦았다. 볼 사람은 없었지만 나 자신에게 들키고 싶지 않았다. 울 이유를 너무 많이 만들어서는 안 된다는 마음속 다짐을 너무 잘 알고 있었다. 나는 추워서 우는 거라고 나 자신을 타일렀다.

- 『숨그네』 87p

늘상 만나던 사람이 갑자기 보이지 않아도 아무도 궁

금해하지 않는 곳인데, 누군가의 어머니가 아들을 기다리고 있다는 사실이 레오를 향수와 그리움에 눈물짓게 했다. '너는 돌아올 거야.' 그는 할머니의 그 말을 희망인 듯 되새기며 죽음 같은 시간을 견뎠다. 늙은 여인이 콧물 닦으라며 손수건을 줄 때, 레오는 할머니가 손수건으로 모습을 바꾸어 그를 보살펴 준다고 믿었다. 배가 너무 고파서 손수건을 팔고 싶을 때마다 참을 수 있었던 것도 손수건이 간직한 의미 때문이었다고.

소설을 지배하는 침묵의 언어가 무겁다. 문체는 시적인데 혼자만의 비밀을 간직한 서사와 반복되는 굶주림, 강도 높은 노동의 고통이 마음의 짐처럼 무거웠다. 한편으로는 동성애와 수용소에 한정된 서사가 단조롭기도 했다. 레오는 집으로 돌아오고도 여전히 강제노동수용소에 갇혀있는 사람이었다. 식구들은 그가 다녀온 곳에 대해서 아무것도 묻지 않았다. 묻지 않아서 다행스러운데도 그는 그 때문에 또 상처를 입었다. 강제수용소에서 있었던 일을 일상처럼 자연스럽게 말할 수 있게 되기를 기다리는데, 가족들이 그에게 말할 기회를 만들어주지 않았다. 가족이라면 좋든 나쁘든 여행을 다녀온 곳에 대해서 서로 얘기하며 떨어져 있었던 시간이 주는 거리감을 지워나가기 마련인데, 어머니도 아버지도 그를 없는 사람 취급하는 일상에 익숙한 듯 레오가 보고 온 것을 물어보지 않아서 몹시 서운하고 서글펐다. 밤에 불을 끄면 두려워서 잠을 못 자고, 수용소에서 배를 곯았던 기억만 가득할 뿐, 맛있는 음식을 앞에 두고도 음식 먹는 법을 모른다. 습관이 된 굶주림을 견디지 못하고 식사 때마다 허겁지겁 밥을 먹는 그를 멸시의 눈으로 바라보는 식구들의 눈이 두려웠다. 식구들이 멸시의 눈으로 바라본다고 느끼는 건 그의 강박일 테지만, 몸만 집으로 돌아왔을 뿐 그의 영혼은 여전히 수용소에 남아 있었다.

수용소에 있는 동안 레오는 가족들에게 없는 사람이 되었다. 비록 그가 온전히 돌아오지 못했지만 그도 가족도 지난 5년이란 시간을 없었던 일로 만들지 못한다. 몸만 돌아오고 영혼을 거기 두고 왔다 해도 하늘과 구름, 바람, 나무들은 그가 살았던 시간을 온전히 기억한다. 기억이란 얼마나 개인적인가. 식구들의 냉대가 그를 수용소로 돌려보낸다. 적어도 거기에서는 부끄럽거나 슬프지 않았다. 그는 웃는 것, 대화하는 것, 아이의 분홍빛 뺨에 입을 맞추는 방법까지 다 잊었다. 어울려 살아가는 방법 역시. 상자공장에서 못 박는 일을 하지만 수용소에서 그랬던 것처럼 기계적인 복종일 뿐이다. 일하러 간다, 다녀왔다 하는 말 외에는 식구들과 주고받을 말이 없었다. 그도 알고 있다. 그게 예전의 모습이 아닌 것을. 그는 거기 없었다.

집은 내가 수용소에서 배고픈 천사와 지낼 때와 다름없었다. 무덤덤한 사람 하나가 우리 모두를 거느리고 있는 것인지. (……) 식구들은 내가 없을 때 웃는지도 몰랐다. 나를 동정하거나 욕하는지도 몰랐다. 꼬마 로베르트에게 입을 맞추는지도 몰랐다. 나를 사랑하니까 내게 인내심을 가져야 한다고 말하는지도 몰랐다.

- 『숨그네』 299p

그의 이름은 여전히 피아노여서 밤마다 오리나무 숲을 찾아가지만 그는 수영장에서 달아나듯이 돌아와서는 여자를 만나 결혼한다. 하지만 결혼생활도 자기 혐오에 빠진 그를 구하지 못한다. 그는 가까운 곳을 다녀올 것처럼 단출한 차림으로 집을 나왔다. 아내에게 엽서를 썼다. 두려움은 가차 없다며, 안 돌아간다고. 아내는 다른 사람과 결혼했다. 마지막 인사도 없이 헤어졌지만 두 사람 모두 그들이 함께할 수 없다는 걸 알았다. 그는 더 이상 욕망의 다급함, 비열함 같은 것에 얽매이지 않겠다고 마음먹는다. 아는 사람이 아무도 없는 곳에서 그는 카페를 둘러보며 자유로움을 느낀다. 입술 안쪽이 석영처럼 빛나는 사람이 눈에 띄었다. 그의 삶은 잃었던 설렘을 되찾았다. 자기만의 영역에 도달한 것처럼.

강제노동수용소 체험을 다룬 대표적인 소설로 솔제니친의 『이반 데니소비치의 하루』가 오래 묵은 고전인 것처럼 여성 작가가 쓴 수용소 소설로 『숨그네』도 두고두고 기억에 남을 것 같다. 『숨그네』는 강제노동수용소라는 척박한 공간의 한계를, 여성 작가 특유의 시적 언어와 감성을 더한 사실적인 표현으로 극복했다는 점에서 매우 가치가 있다. 강제수용소의 고통과 죽음에 대한 공포, 허구를 바탕으로 한 체험소설에 역사와 시대의 아픔까지 생생하게 담아낸 눈부신 광휘.

나는 거기서 나오지 못한다

무거운 시멘트 포대를 안고 가던 여자가 발을 헛디뎌

회반죽 구덩이에 빠져도 누구 한 사람 그녀를 건지려고 애쓰지 않는 곳. 동료가 죽으면 시신이 굳기 전에 옷을 벗겨 가져가는 곳. 빵 한 조각 때문에 살인도 가능한 곳. 동료의 죽음은 빵 한 조각을 덜 나누어도 되는 것 이상의 의미를 갖지 못하는 살육의 현장. 배고픔만큼 위협적인 것이 바로 추위였다. 말로만 듣던 시베리아 추위를 글로 체험하게 해주는 생생한 표현이 소설을 읽는 내내 몸을 움츠리게 했다.

'두려움은 미안하다고 말하지 않아.'

벌레 먹은 구멍, 사랑하는 사람이나 수줍음이 많은 이 혹은 나무 이름을 빌려 지역이나 사람을 대신한 것이 매우 인상적이었다. 수용소를 떠나면 서로 잊게 될 사람들에게 어울리는 이름이다. 내일을 기약할 수 없는 사랑의 속성처럼, 그들의 익명성은 수용소의 공공연한 법이기도 하다. 아침에 식탁에서 함께 수프를 먹었다 해도 눈에 보이지 않으면 어디 다른 수용소로 갔나 보다며 안부를 묻지 않는 것이 당연한 곳이다. 삶이나 죽음이 뭐가 그렇게 다를까 싶어도, 그들은 살기 위해 안간힘으로 죽음의 공포와 맞선다. 죽음보다 강한 생명, 그 강한 의지가 극단의 상황에서도 인간을 살게 한다.

'어머니, 아직 나를 사랑하나요. 나 살아 있어요.'

삶과 죽음이 등을 맞대고 있는 상황에서 레오는 절규를 하듯 침묵의 언어로 어머니를 부른다. 사는 것보다 차라리 죽는 게 낫다는 생각이 드는 순간에도 살기 위해 견뎌내는 건 가족이 있기 때문이다. 그에게 어머니의 엽서가 왔다. 적십자 우편엽서에 어머니가 써 보낸 문장은 달랑 한 줄이었다. '로베르트, 1947년 4월 17일 출생' 엽서에 재봉틀로 박아놓은 아기 사진이 한 장 곁들여져 있을 뿐이었다. 한 줄 문장 아래 여백이 있는데도 어머니는 그의 안부조차 묻지 않는다. 레오는 엽서의 여백에 절망해서 두 손으로 얼굴을 가린 채 울고 만다.

어머니가 보낸 엽서가 이 소설에서 가장 아픈 부분이었다. '너는 돌아올 거야.' 라고 한 할머니의 말 한마디가 레오를 살게 했다면 손 글씨로 쓴 어머니의 엽서 한 줄은, 명줄을 잡고 악착스레 살고자 했던 레오를 죽고 싶게 한 말일 것이다. 아기 사진을 재봉틀로 박아서 떨어지지 않게 하고 손 글씨로 엽서까지 썼으면서 형제의 출생을 알리는 한 줄뿐이라니, 누구라도 그런 편지를 받으면 절망하고 말 것 같았다. 더구나 다른 사람도 아닌 어머니의 편지인데.

아들에게 살아서 돌아오라는 말을 하지 않은 이유가 뭘까. 레오가 희망에 의존하지 않으려 했던 것처럼 어머니 역시 아들이 살아서 돌아오리란 희망이 좌절될까 봐 두려웠던 것인지. 레오가 '뼈와 가죽의 시간'을 견디며 살아낸 것도 집으로 돌아가겠다는 의지 때문이었는데 어머니가 그 기대를 무너뜨렸다. 레오는 엽서의 여백에서 생략된 말을 읽는다.

'너는 돌아오지 않아도 돼. 입 하나 덜어주는 셈 치고.'

그는 엽서의 여백에서 읽은 자신의 부재에 상처를 받는다. 그것은 집으로 돌아갈 희망으로 버티던 레오에게서 집이라는 향수를 지우고 소중한 귀향의 목적을 잃게 만든다.

내 생사를 모르는 부모님이 아이를 만들었다. 어머니는 태어났다는 말을 출생이라고 줄여 썼듯, 죽었다는 말도 사망이라고 쓸 것이다. 어머니는 이미 그렇게 했다. 어머니는 하얀 바느질 땀이 부끄럽지 않을까. 내가 그 한 줄에서 무엇을 읽었는지 안다면.

- 『숨그네』 236p

레오가 삶의 기대로 더 큰 고통을 받지 않았으면 하는 어머니다운 배려로 엽서를 비워둔 거라면, 그게 여백의 진실이라면, 오 년 만에 귀향한 아들을 누구보다 반겨줘야 하는데 어머니는 꼬마 로베르트의 순모 양말만 뜨고 있었다. 어머니에게는 레오를 품어줄 가슴이 없었고 레오는 어디에도 안길 곳이 없었다.

동성애로 인한 성 정체성의 혼란이 레오를 그라츠로 가게 한 결정적인 이유이지만 어머니가 준 공허감도 그를 떠나게 하는 데 일조했다. 수용소 생활을 마치고 돌아와서 그는 날마다 거리를 휘젓고 다닌다. 수천 가지 변명과 알리바이를 준비하며 그는 체포되어 유죄선고를 받는 순간을 대비한다. 그의 침묵은 나날이 깊어만 간다.

나는 소리 없는 짐을 들고 다닌다. 나는 나를 너무나 깊이, 그리고 너무나 오래 침묵 안에 싸두었던 탓에 어떤 말로도 나라는 짐을 꺼내놓을 수 없었다. 말을 한다는 것은 단지 나를 다른 것으로 포장하는 것에 불과했다.

- 『숨그네』 12p

　삶의 배경에 바탕을 둔, 사회적 역사적 불안으로 형성된 소설. 쓰지 않을 수 없었던, 쓸 수밖에 었었던 운명적인 글감들이 헤르타 뮐러를 키웠다고 해야 할 것 같다. 이 소설은 차우셰스쿠 정권과 스탈린 독재 시대의 죽음 같은 공포의 시간을 넘어 마침내 쟁취한 휴머니즘을 보여준다. 인간으로 살아남아야 했던, 뼈와 가죽의 시간이 그녀만의 낱말상자에 담겨 생생한 증언이 되었다. 허구의 형식으로 재생산된 자전적 소설이지만 소설의 정신은 독재정권의 압박에 저항한 역사적 진실을 바탕으로 삼고 있으니.

참고자료

『숨그네』, 헤르타 뮐러, 박경희 옮김, 문학동네, 2010.
「우리 안의 얼어붙은 바다」, 박경희 해설, 문학동네, 2010.

승화된 아름다움의 실체

- 미시마 유키오, 『금각사』

악은 가능한가?

주인공 미조구치가 묻고 있다. 그 물음에 대답이 될
만한 에피소드가 있다. 눈이 내린 날, 술에 취한 미군
이 여자를 데리고 금각사를 찾는다. 미조구치는 평소
하던 대로 그들을 안내하며 절 곳곳을 보여준다. 절을
돌아보던 중 미군과 여자가 말다툼을 한다. 여자가 욕
설을 하며 미군의 뺨을 때리고 달아난다. 따라가서 여
자를 잡아챈 미군의 억센 손길에 여자가 바닥에 나둥
그러진다. 쓰러진 여자를 일으키는 미조구치에게 미군
이 여자의 배를 밟으라고 한다. 무슨 말인지 얼른 이해
를 못 하고 있는 그의 멱살을 잡아 일으키고는 여자의
배를 밟으라고 명령한다. 미조구치는 여자의 배와 가

슴을 밟는다. "더 밟아. 더!" 그는 미군이 시킨 대로 여자의 배와 가슴을 몇 번이고 반복해서 밟는다. 그는 여자의 육체가 공처럼 정직한 탄력으로 반응하는 것에 놀라며 환희와 위화감을 동시에 느낀다. 미군은 수고한 대가로 미조구치에게 담배 두 상자를 준다.

그들이 가고 난 후에도 미조구치는 여자의 배를 밟을 때의 흥분 상태에서 깨어나지 못한다. 그 뜻하지 않은 행위가 그의 내부에 도사리고 있던 악을 깨웠다. 내재된 악은 깨어날 순간을 기다렸다. 그 일로 여자가 주지스님을 찾아와 유산했다며 금각사에서 일어난 일을 세상에 알리겠다고 협박한다. 주지스님인 노사는 그 일을 함구하는 조건으로 여자에게 돈을 주고 일체 불문에 붙인다. 그때 노사가 미조구치를 절에서 쫓아내며 단호하게 다스렸으면 절이 화마에 휩싸이는 결말이 달라졌을까. 하려고만 들면 그는 절의 주지로 자랄 수 있는데 그 자리를 거들떠보지도 않으며 반항하는 아이처럼 계속 노사에게 반발한다.

"네가 정말 그런 짓을 했니?"

여자의 배를 밟았다는 얘기가 믿기지 않는지 쓰루가와가 미조구치에게 묻는다. 쓰루가와의 질문에 미조구치는 제 속의 어둠에 직면함과 동시에 배신감을 느낀다. 추궁하지 말고, 아무것도 묻지 말고, 그의 어두운 감정을 밝은 감정으로 무심히 받아들였으면, 거짓은 진실이 되고 진실은 거짓이 되었을 거라고 생각한다. 쓰루가와 특유의 솜씨로 모든 그늘을 밝음의 세계로, 밤을 낮으로, 달빛을 햇빛으로, 밤의 이끼에 찬 습기를 눈부신 새싹으로 번역했더라면 자신은 말을 더듬으며 참회했을 거라고 한다. 어설픈 변명이다. 여자의 몸을 밟는 순간 그는 왈칵 내뿜어지는 환희를 느꼈고, 그의 내부에 도사린 악이 이미 파괴의 쾌락을 맛본 이후여서 참회를 했을지도 모른다는 말은 감정유희 이상의 의미를 갖지 못한다.

세상 사람들이 생활과 행동을 통해서 악을 맛본다면 나는 내부의 악에 깊숙이 빠져들리라.

- 『금각사』 74p

자기 속에 도사린 어두움과 어머니의 간통으로 인한 오이디푸스 콤플렉스, 혹은 보이지 않는 악에 대한 적대감이 그를 코너로 몰아붙인다. 소설의 모든 부분이 파괴적인 행위로 이어지는 꽉 짜인 상황의 중심에 우이코가 있다. 아름다운 우이코는 미조구치가 의탁하고 있는 숙부 집 부근에 사는 간호사다. 그는 그녀를 그리워하며 밤잠을 설치고 그녀의 몸을 만지는 상상으로 따스함을 느끼는가 하면 꽃향기 같은 몸 냄새까지 맡기에 이른다. 새벽 어스름에 그녀의 출근길을 지키고 있던 그는 자전거를 타고 오는 그녀 앞에 불쑥 뛰어든다. 그녀를 눈앞에 둔 채로 돌이 되어버린 그는 말 한마디 건네지 못한다.

첫 발음이 제대로 나오지 않았다. 그 첫 발음이 나의 외계와 내계 사이를 가로막는 문의 자물쇠와도 같은 것이었으나, 자물쇠가 순순히 열린 적이 없었다. (……) 말더듬이가 말문을 열려고 조바심하는 마음속은 마치 찰진 찰떡에서 몸을 떼어내려고 파닥거리는 참새와 다를 바 없다.

- 『금각사』 7p

"무슨 짓이야! 말더듬이 주제에."

우이코의 말에 그는 상처를 받는다. 수치심에 부끄러움을 느낀 그는 자신이 당당하게 태양을 향해 얼굴을 들기 위해서는 세계가 멸망해야 한다고 말한다. "내 부끄러운 짓에 입회했던 사람이 이 지상에서 아주 사라져 버리기를 원했다. 증인만 없어지면 내 수치감도 자취를 감추게 되는 것이다. 타인은 모두가 증인이다." (『금각사』 15p) 그날 희뿌연 새벽길에 그가 우이코의 눈에서 본 것은 타인이었다. 그와 그녀를 하나로 묶지도 못하고 공범이자 증인이 된 타인들이 모두 멸망해 버려야 한다고 말한다. 그는 수치심을 견디다 못해 자나 깨나 우이코가 죽기만 기다린다.

우이코는 어떤 사람일까? 그녀는 해군병원에 근무하는 간호사이다. 그녀가 탈주병을 절에 숨겨두고 도시락을 들고 가다 잠복 중인 헌병에게 들킨다. 사람들에게 떠밀려 절까지 가게 된 우이코는 그녀를 거기까지 몰아붙인 사람들이 보는 앞에서 탈주병이 숨어 있는 곳으로 올라간다. 우이코가 탈주병을 밀고하며 배신할 때 미조구치는 그녀가 완전히 자기 것이 되었다고 생각한다. 그러나 사랑하는 남자를 향한 우이코의 배신은 살기 위해서가 아니라 죽기 위한 것이고, 또 다른 배신을 위한 장치였을 뿐이다. 남자가 우이코에게 총을 쏘고 자신도 그 총으로 자살하고 만다. 두 사람은

동반자살로써 그들을 지켜본 모든 사람들을 배신하는
데 성공한다.

그 외에도 고양이의 목을 자르는 것으로 모순과 대립
을 끊어버리는 남천참묘 이야기와 육肉을 경멸하기 위
해서 여자들과 놀아난다는 노사의 얘기가 모두 파괴적
인 행위를 대변하고 있다. 파괴하는 것으로, 없애버리
는 것으로, 취하는 것으로 집착을 끊고 아름다움을 완
성한다는 논리로. 알고 보면 악의 본질 역시 자신이 먼
저 살고 보자는 이기적인 행위에 지나지 않는다.

죽은 이후에도 우이코는 금각사처럼 수시로 나타나
서 미조구치의 삶을 방해한다. 그가 여자를 가까이하
려 들 때마다 우이코 아니면 금각사가 나타나 의식을
가로막는다. 미조구치에게 있어서 우이코의 존재는 시
간의 바다를 건너온 배와 같은 아름다움인가 하면 모
기장 안에서 간통 사건을 일으킨 어머니이기도 하고,
사랑과 증오를 한 몸에 지닌 오이디푸스 콤플렉스의
한 양상이라고도 할 수 있다. 그때 같은 모기장에서 자
고 있던 아버지가 손바닥으로 미조구치의 눈을 가렸
다. 그는 아버지의 유약함과 어머니의 추악한 행위를
연민과 증오로 기억한다. 어머니에 대한 기억이 미조

구치의 내부에서 발아한 씨앗이 되어 금각사를 향한 탐미적 도발을 극대화한다. 어머니의 간통이 어린 미조구치에게는 자기만의 온유한 세계의 파괴였다. 그날 이후 그는 선을 믿지 않는 사람이 되었다.

아름다운 문장만큼이나 곱게 빛을 발하는 악의 반짝임이 한시도 긴장을 늦추지 못하게 한다. 자칫 한눈을 팔면 그 화려한 대비를 놓쳐버리고 말 것 같은 소설. 이 소설은 마지막까지 아슬아슬한 긴장과 어두운 그늘을 유지하며 별빛 같은 아름다움을 보여준다. 주위가 어두울수록 별빛은 밝고 곱게 빛난다.

미조구치가 노사의 뒤를 밟고 게이샤의 사진을 보내며 악착스레 괴롭힌 것도 제 속의 어둠을 향한 반감이 아닐지. 노사가 미조구치의 그릇된 행위와 일탈을 몇 번이고 눈감아 준 것은 단지 친구의 아들이라거나 선승으로서의 너그러움이라기보다 그들 두 사람이 가진 어둠에 대한 동질감 때문인 것 같다. 서로가 가진 어둠의 세계를 의식하며, 노사는 미조구치의 과오를 묵과하는 것으로 철부지 중의 가슴에서 자라는 악의 씨를 방관했다. 금각사에 불을 지른 사람은 미조구치이지만 노사도 엄연한 공범이다.

『금각사』는 하야시라는 청년의 실화를 소설화해서 쓴 글이고, 국보에 불을 지른 한 말더듬이 중의 고백이기도 하다. 실제의 인물이 어떤 마음으로 금각사에 불을 질렀건 소설은 미시마 유키오의 화려한 문체를 날개 삼아서 탐미적인 아름다움으로 훨훨 날아오른다. 소설 곳곳에서 만나는 죽음 같은 음습함을 더하며. 죽은 이들이 모두 미조구치에게 중요한 사람들이어서 소설적 의미를 더한다. 그 첫 번째 죽음이 '금각만큼 아름다운 건 세상에 없다'고 말한 아버지의 죽음이고, 두 번째 죽음은 말 한마디 건네 보지 못했지만 미조구치의 가슴에 사랑으로 자리 잡고 있는 우이코의 죽음이고, 세 번째 죽음이 미조구치를 긍정으로 이끌어주던 쓰루가와의 죽음이다. 그 여러 명의 죽음이 그의 파멸을 예고한다.

미조구치의 의식을 통제하는 어둠이 가시와기를 만나며 비로소 밖으로 표출되기에 이른다. 가시와기의 심한 안짱다리가 말더듬이인 미조구치에게 동질감을 느끼게 했고 편안히 얘기를 나눌 수 있게 한다. 가시와기의 통찰은 날카롭고 정확하면서도 매우 독선적이다. 그는 미조구치가 어둠이라는 인식의 세계를 벗어나 밖으로 나갈 수 있게 도와준다. 얼핏 가시와기가 악덕의 표본으로 보이지만 그는 미조구치와 달리 절제로 자기 인식의 세계를 지키며 '보여지는 자' 로서의 역할에 충실할 뿐이다.

> 얼핏 보면 파멸로 내닫는 것같이 보이지만 오히려 뜻하지 않은 비열함을 용기로 바꾸고, 우리들이 악덕이라고 부르는 것을 다시 순수한 에너지로 환원시키는 연금술이라고 해도 좋았다.
>
> - 『금각사』 130p

가시와기에 비하면 미조구치는 정신적으로 한참 어리고 어설픈 데가 있는가 하면 설익은 의식이 비틀려 있기까지 하다. 중학교 시절에 선배의 단검 칼집에 흠을 낸 적이 있는 미조구치는 그때 이미 자신은 인생의 밝은 세계에 대한 자격을 잃었다고 생각한다. 그에게 가시와기는 인생에 도달하는 어두운 샛길을 처음으로 가르쳐준 친구다. 별장 집의 여자가 다가오기를 기다려 돌담에서 뛰어내린 가시와기는 다친 척 위장을 하며 부잣집 딸의 동정을 사는 데 성공한다. 이러한 가시와기의 사기술이, 미조구치에게 뒤쪽으로 인생에 도달하는 어두운 통로를 가르쳐준다. 매사에 현실적이고 자신만만한 가시와기의 말을 들어본다.

불구라는 것은 언제나 코앞에 내밀어진 거울 같은 거야. 그 거울에 온종일 나의 전신이 비쳐지고 있어. 망각이란 불가능해. (……) 나는 무엇 때문에 살고 있는가? 이런 의문에 사람들은 불안을 느끼며 자살까지 하고 있어. 그러나 내게는 이런 의문이 아무것도 아니야. 안짱다리는 내 삶의 조건이며, 이유이며, 목적이며, 이상이며, 삶 그 자체이기 때문이야. 존재하고 있다는 것만으로도 내게는 충분하고도 남아. 존재의 불안이란 자신이 충분히 존재해 있지 않다는 사치스런 불만에서 싹트는 것이 아닐까?

- 『금각사』 106p

가시와기와 미조구치는 안짱다리이고 말더듬이인 불구를 갖고 있지만 그 나쁜 조건을 받아들이는 마음가짐이 서로 다르다. 가시와기가 자신의 불구를 삶의 조건으로 당당하게 받아들이는 반면에 미조구치는 여자를 만날 때마다 잠긴 문을 열듯이 첫 마디를 꺼내는

데 어려움을 겪는다. 그 취약점이 그를 불안에 빠뜨려 극단으로 몰아붙인다. 우이코를 사랑하면서 그녀가 죽어버리기를 바랐고, 금각의 아름다움을 온전한 자신만의 것으로 삼기 위해 불태우겠다고 마음먹는다. 그런가 하면 미조구치는 노사가 학비로 준 돈을 사창가에서 여자를 사는데 쓴다.

사창가를 찾은 그는 다리를 긁어대는 여자를 선택한다. 여자와 성관계를 하려는 순간마다 우이코 아니면 금각사의 환상이 나타나 그를 무력하게 만들었다. 이상하게 다리를 긁는 창녀와 있을 때는 아무 환상도 나타나지 않았다. 그는 우이코가 방을 비웠다고 생각한다. 우이코가 방을 비운 건 금각사가 외출을 했다는 뜻이기도 해서 그는 아무 방해도 받지 않고 동정을 뗄 수 있었다. 그저 살덩이인 채로 남아 있는 창녀에게서. 우이코에게는 죽음도 일시적인 일이었는지 모른다고 그는 생각한다.

그녀가 남긴 핏자국은 아침에 창을 열자마자 날아간 나비의 날개 가루 같은 것에 지나지 않았는지도 모른다.

- 『금각사』 234p

미조구치는 창녀의 젖가슴을 보고 마이즈루 항구의 저녁놀을 연상한다. 변화무쌍한 저녁놀도 살덩이도 몇 겹의 구름에 싸여 밤의 깊은 무덤 속에 눕게 될 거라며 그는 상상 속의 환희를 찾아서 또 유곽을 찾는다. 자기 세계의 몰락을 준비하고 있는 그는 간접적으로나마 우이코와 행하는 격렬한 섹스로 온몸이 저려오는 쾌락의 절정을 맛보고 싶었는지도 모른다.

이 소설은 파괴적인 종말 같은 미학적인 요소를 많이 갖고 있다. 빈틈없는 문장과 아름다움을 하나씩 무너뜨리는 완벽한 구성과 인물구성이 절대적인 미를 추구하며 단단히 결속되어 있다. "금각만큼 아름다운 건 세상에 없단다." 아버지의 말은 미조구치에게 금각사에 대한 환상을 품게 했고, 그가 바라보는 세상의 아름다운 기준이 되게 했다. 그는 금각을 직접 만나기도 전에 여름 꽃들이 아침 이슬에 젖어 희미하게 빛나는 것을 금각처럼 아름답다 하고, 아름다운 사람만 봐도 금각처럼 아름답다며 미처 실감하지 못한 미적 감흥을 만들어간다. 반복해서 되뇌는 동안에 정말 아름다운 것으로 인식되는 조작의 느낌이 든다. 소설 속에 금각사만큼 많이 나오는 단어가 바로 아름다움이다. 어쩌면 미조구치가 느낀 금각의 아름다움은 물에 비친 절의 반영 같은 것인지도 모른다. 돌을 던지면 파문이 일며 일그러지는 그림자. 금각사의 실제 모습을 보고 실망한 그는 자신이 모르는 곳에 존재하는 아름다움에서 소외되었다고 여긴다. 그 소외감이 그에게 금각의 아름다움을 갖고 싶게 했다.

전율처럼 다가오는 몇 개의 에피소드가 있다. 그중 하나가 남자 앞에서 하얀 젖가슴을 드러낸 여자가 젖을 짜는 장면이다. 여자는 젖을 짜서 차에 타고 남자가 그것을 마신다. 아기가 태어나는 것을 영원히 못 보고 남자가 전쟁터에서 죽고 말지만 그 놀라운 장면은 탐미적인 아름다움으로 독자를 빨아들인다. 전쟁터로 가는 남자가 태어날 아기를 가슴에 담고 가는 성스러움이 가시와기로 인해서 파멸되고 마는 것을 보며 아름다움은 부서지고 허물어지기 위해 존재한 것인지도 모른다는 생각을 하게 된다.

백야의 미명처럼 눈부시던 여자의 젖가슴에, 화사하고 긴 옷자락에 싸여 있던 무릎에, 가시와기의 안짱다리가 닿았다는 사실이 미조구치의 감정을 싸늘하게 식혀놓는다. 산문에서 쓰루가와와 함께 보았던 성스러운 여자는 전사한 남자와 함께 죽고 없다. 가사와기에게 버림받고 뺨까지 얻어맞은 여자는 한낱 살덩어리가 되어 미조구치 앞에서 젖가슴을 드러내 보이지만 불쑥 나타난 금각사가 그의 손길을 막는다. 악랄하고, 비열하고, 여자를 모두 성적 도구화하는 가시와기의 행위로 소설은 전형적인 남성 위주의 소설로 퇴색된다. 부서지고 망가진 파괴의 잔재와 금각사의 환영이 있을 뿐. 쓰루가와가 교통사고로 죽으며 미조구치는 세상의 밝음을 잃어버린다. 생의 순수한 성분만으로 만들어진 쓰루가와의 죽음으로 그는 밝은 세계로 연결된 통로가 단절되었다고 느낀다.

가시와기와 쓰루가와가 똑같이 미조구치의 절친한 친구지만 두 사람은 어둠과 빛만큼이나 대조적인 인물이다. 쓰루가와가 미조구치의 어두움을 선의와 긍정으로 해석해 준 인물이라면 가시와기는 어둠을 통해서 뒤로 가는 길을 일러준 인물이다. 하지만 여기 또 하나의 배반이 준비되어 있다. 미조구치에게 밝음이었던 쓰루가와가 자신에게는 한 마디도 하지 않았으면서 가시와기에게 유언 같은 마지막 편지를 보냈다는 사실 앞에 미조구치는 크게 놀란다. 쓰루가와의 죽음이 단순한 교통사고가 아니라 자살이었다는 사실이 그를 더욱 충격에 빠뜨렸다. 서로 잘 알고 있다는 게 무슨 의미일까 묻게 하는 대목이다.

이쯤 되면 서로 친했다는 두 사람 사이의 감정이 많이 왜곡되어 있었던 셈이 된다. 미조구치는 쓰루가와를 전혀 몰랐고, 쓰루가와는 미조구치에게 아무것도 말하지 않았으니 두 사람은 서로를 모르는 것이 된다. 늘 밝음이었던 쓰루가와에게도 어둠이 있고 그가 자살을 꿈꾸었다는 사실을 몰랐던 건 그만큼 관심을 갖지 않아서 알 수 없었던 사항인지도 모른다.

미조구치는 여자와 함께 택시에서 내리는 노사의 뒤를 밟으며 그를 곤경에 빠뜨린다. 여자의 사진을 신문에 넣어서 보내는 등 노사를 향한 노골적인 반발로 적대감을 드러내며 미조구치는 스스로를 망가뜨린다. 금각사를 지키는 중답게 선승으로서의 고귀함을 가져주기를 바라지만 노사는 선승이기보다 한 사람의 평범한 사내였고, 그 사실이 그에게는 용서할 수 없는 모욕이었다.

부처를 만나면 부처를 죽이고, 조상을 만나면 조상을 죽이고, 나한을 만나면 나한을 죽이고, 부모를 만나면 부모를 죽이고, 친족을 만나면 친족을 죽여서, 비로소 해탈을 얻노라.

- 『금각사』 269p

미조구치는 살불살조殺佛殺祖를 중얼거리며 볏짚에 불을 붙인다. 볏짚이 타오르는 걸 보며 그는 사방이 금박을 입은 이 층의 방문을 두드린다. 그 방에서 죽고 싶지만 끝내 문이 열리지 않는다. 그는 북쪽 문을 내달려 금각사를 감싸고 있는 다이몬 산꼭대기에 이른다. 불길에 놀란 새들이 홰를 치고 밤하늘에 금빛 불티가 날아오른다. 그는 자살하려고 준비했던 칼과 칼모틴 병을 숲속 멀리 던져버린다. 자신의 소지품까지 깨끗이 태워버린 그는 금각 쪽의 밤하늘이 금모래를 뿌린 듯 아름답게 빛나는 걸 보며 담배를 피운다. 죽음을 버린 그는 살아야겠다고 생각한다. 도둑이 훔친 보석을 꿀꺽 삼키듯이 그는 금각사를 그렇게 자기 것으로 만들었다.

불에 태워 없애는 것으로 금각사를 온전한 자기만의 것으로 만드는 것을 미에 대한 독선이라고 해야 할까.

아름다움은 독선에서 오는 것이고 반복되지 않는다는 미조구치의 말처럼 불에 타버린 금각사의 아름다움은 어둠의 바다로 나아가 세상에서 형체를 감춘다. 인간과 물질과 추한 것, 아름다운 것을 모두 동일한 조건 아래서 거대한 압착기로 짓눌러 버리고 싶은 욕망은 미조구치의 의식일까 미시마 유키오의 의식일까. 교토가 공습을 당하고 금각사가 화염에 휩싸이기를 바라는 것처럼. 전쟁이 끝나도록 그런 일이 일어나지 않으니 미조구치가 스스로 그 일을 해치운다. 미조구치에게 소외감을 주고 그토록 경이로움으로 다가오던 금각사의 아름다움이 실은 그를 구속하는 사물에 지나지 않는다는 사실을 깨달았는지도 모른다. 물질이 가진 구속력에 자유를 빼앗긴 것이 그를 못 견디게 했는지도. 그가 진정으로 갖고 싶었던 것은 금각사도 우이코도 아닌 완전한 자유였음을.

참고자료

『금각사』, 미시마 유키오, 서기원 옮김, 청림출판사, 1991.
『금각사』, 미시마 유키오, 허호 옮김, 웅진지식하우스, 2002.

진리의 이름, 어머니

- 막심 고리키, 『어머니』

　인간이 어떤 어려움에 처했을 때 가장 보고 싶은 사람이 누구냐고 물으면 열 명 중의 아홉 명은 어머니라고 대답할 것이다. 이즈음처럼 눈에 보이지 않는 적과 싸워야 하는 시대일수록 어머니의 존재는 더욱 절실히 필요하다. 어머니라고 해서 코로나19라는 형체 없는 적에 대항할 힘이 있는 건 아니지만 사람은 힘들고 어려울 때 누구나 어머니를 찾게 되어 있으니.

　노란 표지의 소설을 책장에 꽂아두고도 거의 손대지 않고 쳐다만 보았다. 언젠가는 읽어야 할 책인 걸 알면서도 얼른 손이 가지 않아서 모른 체 내버려두었던 책이다. 가을볕이 좋은 날, 문득 저 책을 한번 읽어보자는 생각이 들어서 『어머니』를 꺼냈다. 난데없이 그 책을 펼친 것은 러시아 소비에트 소설이 궁금해서라기보다 '어머니'라는 제목 때문이라고 해야겠다. 위령미사를 드리긴 했지만 어머니의 기일을 그냥 보낸 것이 못내 마음에 걸렸던 게지.

고리키의 어머니가 궁금했던 건 단순히 감상적인 차원에서 여성의 삶을 말하고자 한 것이 아닐 것이라는 기대감에 더하여, 짜르 체제하의 억압과 폭력, 처절한 노동자의 삶과 어머니가 어떻게 연결되어 있는지 궁금했다고 할까. 문득 1920년대와 1930년대의 카프 문학이 얼른 떠올랐다. 우리에게도 그 힘든 시절에 문학을 했던 사람들이 있다는 사실이 가슴을 따뜻하게 해주었다.

고리키의 『어머니』는 실화를 바탕으로 한 소설이다. 아들 빠벨 블라소프의 원형이라고 할 수 있는 실제 인물 잘라모프의 말을 옮겨 보면 "고리키의 작품은 단순히 우리 삶과 어머니의 삶을 옮겨 적은 것이 아니다. 고리끼는 이 두 삶을 자기 예술작품을 구상하는 데에만 이용했을 뿐이다. (……) 빠벨 블라소프는 늙지 않고 언제나 청춘이다." 소설의 원형이었던 잘라모프와 어머니의 얘기를 바탕으로 하고 있지만 고리키는 그 어머니와 아들을 철저히 노동자 계급의 삶에 초점을 맞추어 활용했다는 점에서 완벽한 재창조를 이루었고 예술로 승화시키는 데 성공했다고 할 수 있다.

소설 속의 어머니 닐로브나는 매사에 소극적인 노동 자의 아내에 불과했다. 고주망태가 된 남편이 아내와 자식에게 무지막지한 폭력을 가했다. 아내를 적대감 어린 눈길로 노려보며 욕설과 매질을 일삼던 남편이 죽고 나서야 닐로브나는 짐승만도 못한 삶의 고통에서 벗어날 수 있었다. 아버지가 탈장으로 죽고 나자 빠벨 이 아버지를 대신할 듯 술을 마시고 소리치며 탁자를 내리쳤다. 아버지의 나쁜 버릇을 아들이 욕하면서 배 웠다. 나쁜 본보기다. 아버지가 그런 것처럼 아들은 어 머니를 함부로 밀치며 주정을 부린다. 어머니의 낙담 이 짐작된다. 땀이 밴 아들의 머리카락을 쓸어주는 어 머니의 표정이 슬프다. 부드럽게 타이르는 어머니의 눈물을 보며 아들이 잘못을 뉘우친다.

그날 이후 빠벨은 술을 끊고 책을 읽기 시작한다. 책 을 읽고부터 그가 달라졌다. 어머니는 아들의 변화가 기쁘면서도 읽고 난 책을 감추는가 하면 메모지까지 숨기는 변화가 불안하다. 휴일이면 어딜 다녀오는지 밤늦게 다니기도 하고, 말씨와 행동이 전과 많이 달라졌다. 조마조마한 마음으로 아들을 지켜보던 어머니가 무엇을 읽느냐고 묻는다. 아들은 금서를 읽는다고 분명하게 말해준다. 금서를 읽는 게 들통나면 감옥에 가게 된다며, 어머니는 왜 그런 짓을 하느냐고 묻는다. 진실이 알고 싶어서라는 빠벨의 대답에 어머니는 비밀스럽고 두려운 진실이란 단어에 몸을 떤다. 그는 수심이 가득한 어머니를 안심시키기 위해 앞으로 자신이 하려는 일을 설명해 준다. 어머니는 떨면서도 열정으로 눈을 빛내는 빠벨을 두려움과 호기심으로 지켜본다. 빠벨은 어머니의 관심을 귀찮아하지 않는다. 큰일을 하려면 가장 중요한 사람을 자기편으로 만들어놓고 볼 일이다. 그는 자신이 먼저 책을 읽고 노동자들을 가르치겠다고 한다. 노동자도 배워야 자신들의 삶이 왜 그렇게 비참하고 고통스러운지 알게 된다고. 어머니는 걱정스러우면서도 자신감에 찬 아들이 자랑스럽다.

사람은 잠자는 듯 평온한 일상에 무심히 가라앉아 있다가도 어떤 계기를 만나면 불에 덴 듯 화들짝 깨어나기도 한다. 아들에게서 금서를 읽는 이유를 듣는 순간 닐로브나는 오랜 잠에서 깨어난다. 남편이 살아 있을 때는 고통스러운 이유도 모른 채 슬픔에 잠겨 있었는데, 지금은 아들이 자신을 귀찮아하지 않고 사람대접을 해주는 것이 기쁘다. 빠벨과 그의 동지들이 하려는 일이 뭔지 모르지만 그게 모두를 위한 일이고 진리의 씨앗을 뿌리는 일이라는 아들의 말을 믿는다. 아들의 가장 가까운 동지인 안드레이가 빠벨이 돌아오면 깜짝 놀라게 해주자며 그녀에게 글을 가르친다. 문맹이었던 그녀는 아들과 그의 동지들을 이해하기 위해서 공부를 한다.

모든 인간관계는 힘의 작용이다. 자식이 어릴 때는 사회적 능력이 있는 부모의 영향을 받으며 자라지만, 어른이 된 자식은 부모와 상관없이 독립적으로 살아간다. 그들이 독립적인 개체로 살아갈 때 늙고 힘이 빠진 부모는 은퇴를 하고 정신적으로 자식에게 의지하게 된다. 살아온 환경과 정서적 교감이 인성을 만드는 중요한 밑거름인 것은 사실이지만 인간은 넓은 세상에 나가고서야 비로소 자연적인 인간으로 홀로 서게 된다. 소설 속의 어머니는 아들이 하려는 일을 인정해 주었고, 아들은 그런 어머니를 동지로 대접해 주며 함께 미래를 도모한다. 남편에게 핍박만 받고 살아오다 아들의 사랑으로 새로운 세계를 알아가는 어머니는 사람대접을 받고 사는 것이 기쁘다. 그녀는 다만 어머니이기보다 사람이고 싶었다.

닐로브나가 위대한 어머니가 될 수 있었던 건 그녀가 부모라는 권위에 안주하지 않고 배우려는 자세를 갖춘건 물론이고 끊임없이 젊은이들에게 도움이 되어주려 했던 열정 때문이다. 그 남다른 열정이 그녀를 노동운동가의 어머니가 되게 했다. 뭔가를 깨닫고 새로운 것을 알고자 하는 바람에는 나이와 성별의 구분이 필요치 않다. 농부 르이빈이 말한다.

날 좀 도와주게! 책을 주게. 그걸 읽고 나서 적어도 인간이라면 피가 끓지 않을 수 없는 그런 책 말일세. 사람들의 머릿속에 고슴도치를, 가시덤불을 들어앉혀야만 해. 자네에게 글을 써주는 사람에게 농촌을 위한 글도 써달라고 말해주게. 농촌에 펄펄 끓는 힘을 끼얹고 민중으로 하여금 죽음 속에라도 뛰어들고 싶게 말일세.

- 『어머니』 203p

농부들에게도 땅의 주인이 누구인지, 민중들이 뼈를 깎아가며 가꾸는 땅이 어떻게 해서 손에 흙 한 번 묻히지 않고 사는 사람들 손에 넘어가느냐 하는 사실은 매우 중요한 일이다. 니콜라이는 부富가 "바람에 날리기 쉬운 모래 같아서 온순하게 바닥에 누워 있지 못하고 여기저기로 날리게 되는 것"(『어머니』 419p)이라고 한다, 농민들이 지주와 부자 밑에서 제 피로 대지를 씻고 있다고. 강물이 흐르듯 시간이 흐르고 시대가 많이 바뀌긴 했지만 그 바탕의 진리는 예나 지금이나 똑같다. 예로부터 땅은 가꾸는 자의 것이 아니라 '있는 자, 가진 자' 들의 것이다. 밀물처럼 들고 나는 투기꾼들을 따라 땅값이 춤을 추는 건 고리키가 『어머니』를 쓰던 시대에서 한 치도 더 나아가지 못했다. 가진 자는 여전히 더 못 가져서 안달이고, 없는 자들은 굶어죽지 않기 위해 그나마 한 떼기 남은 땅마저 팔아야 하니.

어머니는 노동자들과 농민들의 피가 세상을 바꿀 수 있다고 믿지 않지만 아들이 하는 일이 얼마나 숭고하냐 하는 것은 알고 있다. 무모하지만 필요한 일이라는 사실을 믿기 때문에 메이데이 시위행진에 따라나선다. 아들이 경찰에게 깃발을 빼앗기자 어머니가 부러진 깃발을 집어 든다. 아들이 병사들의 개머리판에 맞으며 끌려가자 어머니는 아들을 대신해서 깃발을 높이 쳐들고 외친다. "일어나세, 깨어나세, 노동자들이여……" 어머니는 깃대에 몸을 의지하고 시위행진을 계속한다.

> 무슨 일이 벌어지고 있는가를 두려워 말고 한 번 둘러봐요. 평화를 위해 우리의 자식들, 우리의 피붙이들이 행복을 향한 세계로 나아가고 있어요. 그리스도를 위하여! 여러분 모두를 위하여!
>
> - 『어머니』 240p

어머니는 그리스도가 사람들을 위해 죽음을 당하지 않았다면 그리스도란 없었을 거라며 이건 성스러운 일이라고 주장한다. 주정꾼 남편에게 얻어맞으며 기죽어서 살던 어머니는 이제 없다. 그녀는 여성운동가로 태어나 빠벨의 길을 따른다. 그것은 단순히 어머니여서가 아니라 그녀가 스스로 독립적인 존재로 일어서려는 의지의 행동이다. 세상의 벽 앞에 주저하지 않는 어머니의 활짝 열린 의식이 아들에게 가슴 뿌듯한 사랑과 함께 크나큰 용기를 주고 어머니는 아들을 통해서 시대의 전사로 태어난 긍지를 느낀다. 빠벨을 향한 어머니의 사랑이 다소 맹목적인 구석이 있다손 치더라도, 아들이 하는 일에 말없이 따라가 줄 어머니가 몇 명이나 될까. 아들이 하고자 하는 일이 아무리 옳다고 해도 어머니는 다가오지 않은 현실을 걱정하며 가시밭길을 걸으려는 아들의 발목을 묶지 못해 안달할 것이다. 어머니의 외사랑은 늘 그렇듯이 눈이 멀어 있다. 닐로브나는 가슴으로 큰 고통을 느끼면서도 노동자와 농민들에게 진실을 전하려는 빠벨의 힘이 되어주고자 애쓴다. 그것은 아들과 그의 동지들이 하는 사회적 활동이 옳다는 것을 알기 때문이다.

메이데이의 시위로 아들과 아들의 동지들이 감옥에 들어가고 어머니는 그들을 대신해서 동지들과 대화를 나누며 도움이 되는 일을 찾아낸다. 인쇄된 전단을 전하는 일. 어머니는 전단을 전하는 일을 맡는다. 그 일이 조금이라도 그들을 돕는 길이고 가엾은 노동자들이 하루빨리 진리를 깨닫는 길인 걸 알고는 몸을 사리지 않고 먼 시골까지 전단을 건네주러 간다. 설마하니 늙은 여자가 그런 일을 하리라 꿈에도 짐작하지 못했던지 아무도 그녀를 의심하지 않는다. 젊은 동지들을 대

신해서 임무를 완수하는 동안 어머니는 긴장이 되면서
도 힘이 나고 행복하다. 그녀는 자신이 노동자들의 어
머니, 진실을 전하려는 이들의 어머니가 되어 있는 놀
라운 현실이 자랑스럽다. 아들이 그런 어머니를 자랑
스러운 눈길로 바라본다.

  그녀에게는 아들이 있는 세상만이 의미가 있고, 주어
진 임무를 완수할 수 있다는 자신감에 꽉 차 있다. 빠
벨은 아들이기 전에 살아야 할 이유이기도 하고 어떻
게 살아야 할까에 대한 답이기도 하다. 동지들이 빠벨
을 탈옥시키려고 계획을 짜고 쪽지까지 전하지만 그는
당당하게 재판을 받겠다고 한다. 어머니는 늙은 재판
관들의 "죽은 듯한 무관심과 악의 없는 냉담함"을 보
며 불길한 예감과 날카로운 모욕감이 목구멍을 찢는
것 같은 고통을 느낀다. 변호사가 파탄 직전에 이른 민
중들의 고통을 아무리 목이 터지게 외쳐도, 무기력하
고 생기 없는 재판관은 관습에 젖은 그들만의 인식을
바꾸지 않는다. 그들은 자신들의 안일한 삶에 잠들어
있을 뿐이었다. 빠벨이 일어나서 변론을 한다. 재판관
들이 이해하지 못하는 상황을 설명하고자 하며.

인간을 한낱 부를 위한 축적의 도구로만 생각하는 사회는 반인간적이며, 우리는 그런 사회와 적대적인 관계에 있지 않을 수 없습니다. (……) 우리는 노동자들입니다. 거대한 기계에서 아이들 장난감까지 어느 것 하나 우리의 노동을 거치지 않고 창조되는 것은 없습니다. 우리는 우리의 인간적 가치를 위해 투쟁할 권리를 박탈당한 사람들입니다. 너 나 할 것 없이 모두 우리를 자기들 목적달성의 수단으로 만들려 했고, 실제로 그렇게 만들어왔습니다. 우리는 머지않아 모든 권력을 쟁취하고, 우리가 향유할 수 있는 만큼의 자유를 획득하고자 합니다.

- 『어머니』 461p

긴 변론과 상관없이 시위에 참가한 노동자들은 유형의 판결을 받고 만다. 빠벨을 사랑하는 사샤가 시베리아의 유형 길에서 그를 탈출시키려 한다. 어머니는 동지들이 인쇄한 빠벨의 연설문을 가방에 가득 넣고 먼 시골의 동지들에게로 간다. 역 대합실에서 그녀는 첩자와 맞닥뜨린다. 첩자가 경찰에게 밀고하며 닐로브나는 아들의 연설문을 빼앗길 위기에 처한다. 연설문을 버리고 도망갈까 생각하다 전단에 담겨 있는 아들의 말을 버리는 건 말이 안 된다며, 닐로브나는 도망갈 길만 찾고 있는 자신의 비겁함을 부끄러워한다. 경찰의 가방을 보자는 말에 그녀는 가방 속의 유인물을 군중들 머리 위로 뿌리며 외친다. 사람들이 몰려들며 경찰과 그녀의 사이가 뜬 사이에 전단은 동지들 손에 넘어간다. 점점 수가 불어나 그녀를 꽉 에워싸고 있는 사람들에게 아들의 연설문을 나누어주며 그녀가 목소리를 높여 외친다.

빈곤과 굶주림, 질병, 이따위 것들이 바로 노동자들이 죽어라고 일한 대가입니다. 모두가 다 우리를 못 잡아먹어 안달이고, 우리는 매일매일 노동과 진흙구덩이, 그리고 사기 속에서 우리의 생명 전체를 죽여 가고 있는 것입니다. 반면 다른 사람들은 우리의 노동을 가지고 마음껏 즐기고 배불리 처먹으면서도 우리를 쇠사슬에 묶인 개마냥 무지 속에 묶어두고 있습니다. 우리는 사실 아는 것도 하나 없고, 언제나 벌벌 떨며 살아와 모든 걸 두려워하고 있습니다. 밤이 바로 우리의 삶이었습니다. 칠흑 같은 밤이 말입니다.

- 『어머니』 503p

달려들어 목을 누르는 헌병들에게 그녀가 말한다.

"불쌍한 것들……."

볼가강 연안에서 태어난 고리키가 평범한 어머니를 노동 운동가로 재구성한 소설 『어머니』를 완성한 것은 1907년, 그의 나이 39세 때였다. 러시아에 소비에트 정권이 들어서기 10년 전이었다. 지식인 혁명가들의 허위성에 염증을 느낀 고리키는 권총자살을 시도하기도 했고, 도보로 러시아 여행을 떠나기도 했다. 그 방랑여행이 민중들의 삶을 직시한 고리키 문학의 풍부한 자산이 된 것은 말할 것도 없다. 소설은 사람의 이야기를 쓰는 것이고, 그는 방랑여행으로 민중 깊숙이 파고들어 러시아 사회의 모순과 부조리를 담은 리얼리즘 소설을 써냈다. 고리키는 『어머니』를 통해서 그 시대 러시아의 민낯을 고스란히 보여주었다.

참고자료

『어머니』, 막심 고리끼, 열린책들, 1989.

진실이라고 믿었던 것의 진실
- 이언 매큐언, 『속죄』

속죄라는 제목이 가슴 밑바닥을 들여다보게 한다. 죄를 뉘우치는 건 자신이 무슨 죄를 지었는지 아는 사람이 할 수 있는 일이다. 이언 매큐언의 소설 『속죄』는 죄에 관한 소설이다. 자신의 죄를 알고도 속죄하지 않는 여자가 있다. 그녀는 일흔일곱 살이나 된 나이에, 그것도 혈관성 치매 진단을 받고서야 59년간 그녀를 괴롭혀 오던 숙제를 겨우 끝냈다. 철부지 나이에 저지른 잘못을 여든이 가깝도록 뉘우치지 않은 건 처음부터 속죄할 마음이 없었다는 말과 같다. 그녀는 한 사람을 죽음으로 몰아넣은 잘못을 소설 속에 자세히 묘사하는 것으로 무마하려 들지만 그나마 어렵게 쓴 소설마저 영원히 비밀이 될 위기에 처한다. 진정한 속죄는

변명이 아니라 진심으로 자신의 잘못을 뉘우치고 그
마음을 전하는 것이다.

이렇듯 죄에 관한 무거운 주제를 담은 소설을 나는
사랑의 폭력에 관한 글로 읽었다. 스스로 진실이라고
믿는 어긋난 사랑과 오해만 무성할 뿐, 이 책에는 진정
한 속죄가 없다. 사람마다 삶의 가치 기준이 다르듯 진
실도 도덕적 잣대만큼 양상이 다양하고 모호하다. 중
요한 것은 진실도 왜곡될 수 있으며, 흘러간 강물이나
시간처럼 돌이킬 수 없는 일도 많다는 것이다.

열 살 때부터 글을 쓰기 시작한 조숙한 소녀 브리오
니는 오빠 레온에게 보여주기 위해 창작열에 불타서
시나리오를 쓰고 '아나벨라의 시련'을 무대에 올리기
로 한다. 어린 사촌들과 사촌언니 롤라를 상대로 연극
연습을 하던 중 브리오니는 친언니 세실리아와 로비가
트리톤 분수대에서 작은 다툼을 벌이는 장면을 목격한
다. 세실리아가 옷을 훌훌 벗어던지고 깨어진 꽃병 조
각을 건지러 분수대에 들어가는 것을 지켜보던 브리오
니는 그 놀라운 장면을, 로비 터너가 세실리아 언니에
게 청혼을 하는 것으로 착각한다. 갑자기 어른의 사랑

을 목격하게 된 충격으로 브리오니는 연습 중이던 연극을 느닷없이 중단해 버린다.

로비 터너가 여섯 살 때 그의 아버지가 정원사 일을 집어치우고 집을 나갔다. 쪽지 하나 남기지 않은 채로. 그 후 그의 어머니는 파출부가 되어서 탈레스가의 집 안일을 돌보고 있다. 어릴 때부터 탈레스가의 아이들과 친구처럼 지내긴 했지만, 로비 터너로서는 세실리아의 아버지가 의대 학비까지 대어주는 현실이어서 편하지 않은 입장을 감추기 어렵다. 그는 집주인의 고마움에 보답하기 위해 정원의 풀도 뽑고, 어머니 일을 도우면서도 탈레스가 아이들의 부담스러운 시선을 감당할 수밖에 없다.

분수대에서 있었던 일이 선과 악, 영웅과 악당이라는 테마에 열중해 있던 브리오니에게 새로운 문학적 방향을 제시한다. 간혹 한꺼번에 자라는 시기가 있다. 어른의 사랑을 목격한 적잖은 충격이 브리오니를 한꺼번에 자라게 했듯이. 브리오니는 자신과 같은 관찰자를 등장시켜 분수대에서 일어난 일을 소재로 삼으면 좀 더 자유롭게 글을 쓸 수 있겠다고 생각한다. 직접 목격한 일을 사실주의와 도덕의 굴레를 벗어난 작품으로 완성

시켜 사회적 명성을 얻게 되리라는 꿈을 꾸며. 세실리아와 로비가 사라지고 분수에는 한낮의 꿈같은 적요만 고여 있다. 브리오니는 불현듯 맞닥뜨린 무언극이 "문학과 종교만이 가르쳐줄 수 있는 인간의 하찮음과 숭고함에 대해"(『속죄』 136p) 생각할 기회를 주었다며 방금 자신이 본 것을 소설화하기로 마음먹는다.

로비 터너는 꽃병을 깨뜨린 일로 생각지도 않게 세실리아의 속옷 차림까지 보게 된다. 그는 분수대에서 본 충격에서 벗어나지 못하고 줄곧 세실리아의 알몸만 생각한다. 그는 사과의 편지를 쓰던 중에 끓어오르는 충동을 참지 못하고 마음속에 감춰두었던 성적 표현을 그대로 편지에 옮긴다. 금방 잘못을 뉘우치며 제대로 된 사과의 글을 써서 봉투에 넣는다. 그런데 로비 터너는 제대로 쓴 편지 대신 충동적으로 쓴 편지를 호주머니에 넣고 나간다. 세실리아의 오빠인 레인에게서 저녁 초대를 받았다.

로비는 집 근처에서 브리오니를 만나자 세실리아에게 편지를 전해달라며 호주머니에 넣어온 편지를 건넨다. 편지를 가지고 브리오니가 뛰어가는 것을 보고서야 로비는 편지가 바뀐 것을 알아챘다. 브리오니는 호기심을 참지 못하고 편지봉투를 뜯는다. 편지를 읽는 순간 그녀는 언니와 가족의 평화가 로비에게 위협을 받는다는 엉뚱한 오해를 한다.

브리오니는 그녀가 목격한 분수대 장면을 담담하게 그려내는 일부터 시작하려 하지만 마음대로 되지 않는다. 그 어느 것도 "황혼녘에 일어난 일, 그녀가 몽상에 잠겨 다리 위에 우두커니 서 있던 그 시간, 그리고 어둠이 짙게 내리기 시작할 무렵 로비가 나타나 그녀를 부르고 그 단어가 쓰여 있는 하얀 봉투를 건네준 일만큼" 흥미롭지 못한 것을 알아챈다.

브리오니의 회상은 더 먼 기억으로 나아간다. 막 동화를 쓰기 시작한 무렵에 로비가 그녀의 부탁으로 수영을 가르친 적이 있다. 그때 그녀는 자신이 물에 빠지면 구해줄 거냐고 로비에게 물었다. 그는 물론이라고 대답했다. 말이 떨어지는 것과 동시에 브리오니가 물속에 뛰어들었다. 깜짝 놀란 로비는 얼른 물속에 뛰어들어 그녀를 구해내고는 호되게 나무란다. 자칫하면 죽을 수도 있었다고. 왜 그랬냐는 물음에 브리오니는 간단하게 대답한다. 구해줬으면 했기 때문이라고. 그러면서 오빠를 사랑한다고 고백한다. 정말 구해주는지 확인해 보고 싶었다는 말에 로비는, 널 구하기 위해 목숨이라도 바치겠지만 그게 널 사랑한다는 뜻은 아니라고 얘기한다. 로비의 마음이야 어떻든 브리오니는 자신이 사랑한다는 사실에 열중할 뿐이다. "사랑해요. 이제 알겠죠?" 조숙한 소녀의 무모한 열정이 무서워지는 대목이다. 다만 사랑을 확인하기 위해 물에 뛰어들었다는 고백처럼 브리오니는 어디로 튈지 모르는 공이나 마찬가지다. 그녀의 무모한 충동이 위태롭다. 브리오니는 로비 터너의 여자가 언니여서 더 못 견딘다.

저녁 초대에 참석한 로비에게 세실리아가 마음을 연다. 음란한 편지가 오히려 세실리아의 마음을 여는 열쇠 역할을 하며 두 사람은 서로의 욕망을 확인한다. "오늘…… 하루 종일 모든 게 이상했어. 모든 것들이 처음 보는 것처럼 낯설게 느껴졌어. 모든 것이 너무 강렬하고 현실적으로 보였어. 하루 종일 너한테, 나 자신한테 화가 났어." 세실리아는 욕망이 다가온 순간을 더듬거리며 조심스레 열어 보인다. 그 짧은 대화로 두 사람은 급속도로 친해지며 서로 사랑하게 된다. 두 사람이 어두운 서재에서 서로의 육체를 탐색하던 중에 브리오니에게 들키고 만다. 그 일로 브리오니는 또 한 번의 오해를 만들며, 세실리아가 로비에게 성폭행을 당하는 것인가 하는 새로운 추측을 만들어낸다. 질투가 그녀를 점점 더 깊은 오해의 늪으로 끌고 들어간다.

그 와중에 사촌 롤라가 정말 성폭행을 당하는 사건이 발생한다. 범인이 자신을 쓰러뜨리고 눈을 가렸기 때문에 얼굴을 똑똑히 보지 못했다고 롤라가 어물쩍거리자 브리오니는 성폭행범이 로비라며 "내가 그 사람을 봤어요."라고 소리친다. 그녀는 불쌍한 사촌이 밝힐 수 없다면 자신이 그 진실을 밝혀야 한다는 불확실한 신념에 사로잡힌다. 브리오니는 확인도 하지 않은 채 어둠 속의 그림자를 로비라고 주장하며 세실리아의 방에서 훔쳐낸 편지까지 공개한다. 세실리아가 내게 온 편지라고 주장해도 듣지 않는다. 질투에 사로잡힌 브리오니는 이미 걷잡을 수 없는 지경에 빠지고 말았다. 그녀의 증언이 결정적으로 로비를 성폭행범으로 만들며 최악의 상황이 전개된다. 로비의 어머니가 경찰차 앞을 가로막으며 모두 거짓말쟁이들이라고 소리치지만 브리오니가 직접 보았다고 증언을 하는 데야. 그 일로 로비는 전쟁터까지 끌려가서 죽음 같은 고통을 당한다.

전쟁터에 끌려간 그를 위로해 주고 죽음의 위험에서 지켜준 것은 세실리아가 보낸 사랑의 편지였다. 세실리아는 가족들과 의절하고 간호사가 되었다. 두 사람은 어려운 여건 속에서 더욱 돈독해진 사랑으로 서로를 위로한다. 로비가 전쟁터로 끌려가고 세실리아가 집을 나가서 간호사가 되자, 브리오니도 언니를 따라 간호사가 된다. 전쟁터로 끌려간 로비를 혹시 병동에서 만나게 될지도 모른다는 기대와 함께 그가 전쟁터에서 죽을지도 모른다는 감상적인 소설을 쓰며. 잔혹한 열정이다. 언니 세실리아에게 용서를 빌며 편지를 보내지만 세실리아는 답장을 주지 않는다.

로비를 성폭행범으로 만든 두 명의 공범인 롤라와 폴 마셜이 결혼을 한다. 사제가 말한다. 두 사람이 합법적으로 맺어질 수 없는 이유를 제시할 수 있는 사람은 밝혀주시든지 아니면 영원히 침묵해 주기를 바란다고. 롤라와 폴 마셜의 죄를 침묵으로 덮는 순간 브리오니는 비로소 깨닫는다. 아무 죄도 없는 로비를 강간범으로 만들어서 감옥으로 보낸 것도, 지방법원에서 큰 소리로 선서하고 증언한 사람도 바로 자신인 것을. 브리오니는 단순히 아는 사람들의 결합으로 볼 수 없는 두 사람의 결혼에 혼돈을 느낀다. 그녀는 비로소 자신이 무슨 짓을 했는지를 돌이키며 로비를 향한 죄책감을 느끼지만 로비의 죄를 벗겨주려는 노력도, 진심 어린 속죄를 위한 어떤 행동도 하지 않는다. 롤라와 폴 마셜이 자신들의 비밀에 입을 다물었듯이 브리오니 역시 자신의 증언이 거짓이었다는 사실을 밝힐 생각이 없다. 로비 터너가 자신이 아닌 다른 여자를 사랑했다는 이유로.

전쟁터에서 부상으로 실려오는 병사들을 치료하며 그녀는 매번 그들에게서 로비를 보고, 그에게 용서받는 감상적인 상상을 한다. 언니 세실리아를 찾아가서 자신의 죄를 뉘우치고 판결을 번복하는 데 도움을 주겠다고 한다. 세실리아는 새로운 증거가 나오지 않으면 아무 소용이 없다고 말해준다. 결정적인 증인이었던 하드만 씨가 죽기 전에 로비가 누명을 썼다고 털어놓으며 탈레스가의 가족들이 모든 진실을 알게 되지만, 그들은 서로 불편해하며 진실을 봉쇄해 버린다. 세실리아는 로비의 죄를 벗겨줄 방법이 없다는 것을 동생 브리오니에게 냉정하게 들려준다. 항소가 가능하지 않다고.

"네가 하는 말을 어떻게 믿을 수 있겠어?"

그러면서 세실리아는 지금도 브리오니의 말이 믿기지 않는다고 냉정하게 말해준다. 신뢰하지 못할 증인이었다고. 브리오니는 나약하고 어리석고 혼란스럽고 비겁했던 자신을 증오했지만, 한 번도 거짓말을 했다고는 생각지 않는데 세실리아는 명백한 거짓말이라고 주장한다. 브리오니가 자신이 무슨 잘못을 했는지 온전히 깨닫지 못하는 것처럼 그들 자매 사이에는 영원히 건너지 못할 강이 흐르고 있었다. 증언을 번복할 수 없어도 사람들에게 자신이 한 일을 얘기할 수는 있지 않느냐는 브리오니의 말에 세실리아는 조소 어린 웃음을 터뜨린다. 진심으로 속죄하고 싶다면서 왜 지금껏 말하지 않고 있느냐고 물으며 세실리아는 그 와중에도 자신을 방어하려는 본능에 이끌리는 브리오니의 사과를 냉정하게 거부한다. 브리오니는 자신이 언니를 얼마나 두려워하는지 깨닫는다. 엄마에게 가족들에게 다고백한다지만 세실리아와 로비의 분노를 삭여주기엔 너무 늦었다는 걸 안다. 자신이 저지른 죄를 언니가 용서해 줄 거라고 기대하지 않는다는 말에, 세실리아는 걱정 말라고 한다. 영원히 용서하지 않겠다고.

브리오니가 택한 속죄의 형식은 글쓰기다. 일흔일곱 살이나 된 나이에. 그것도 혈관성 치매 진단을 받고서야 59년간 그녀를 괴롭혀 오던 숙제를 겨우 끝냈다. 쓰고 싶으면서도 못 쓴 건 쓰고 싶지 않았다는 말과 같다. 자신의 어두운 부분을 들여다보는 행위가 결코 가벼운 것이 아니니. 언니와 로비에게 저지른 범죄를 자세하게 묘사한 글 속에, 아무것도 숨기지 않는 것을 의무라고 여기지만 소설은 영원히 비밀이 될 위기에 처한다. 로비를 강간범으로 만든 마셜과 롤라 두 공범이 글을 발표하지 못하게 막는다. 그들이 자신들의 명예를 위해서 어떤 대가를 치르더라도 법정투쟁을 감행할 거란 사실을 알기 때문에 브리오니는 끝내 입을 다물 수밖에 없다.

진심으로 죄를 뉘우칠 마음이 있었으면『속죄』가 마지막 소설이 아니라 브리오니의 첫 번째 소설이 되었어야 했다. 거짓이 진실로 위장되기 전에, 브리오니를 포함한 세 명의 공범들이 아직 사회적 영향력이 약할 때에 진실을 밝히고 속죄를 했어야 했다. 그때라면 차라리 죄책감에라도 기댈 수 있었으니. 너무 늦었다는 건 시간을 말하는 것이 아니다. 죄의식도 오래 묵으면 본래의 의미가 희석되고 나름대로 자기 목적에 맞는 정당성을 갖추며 진실인 것처럼 위선의 탈을 쓴다.

이언 매큐언의 소설은 참 특이하다. 『첫사랑, 마지막 의식』 중 단편소설 세 편이 영화가 되었고, 장편소설 『속죄』도 영화가 되었다. 그의 소설을 읽으면 인물 사이에 오가는 감정이 너무나 그로테스크하고 적나라해서 심장이 졸아드는 느낌인데, 영화를 보면 소설과 달리 편안하게 몰입할 수 있다. 배우들의 연기와 배경화면을 스쳐가는 음악 등의 조화로움 때문일 것이다.

그는 1975년 『첫사랑, 마지막 의식』으로 데뷔하고 서머싯 몸 상을, 1998년에 『암스테르담』으로 부커상을 받으며 주목을 받기 시작했다. 그의 소설은 아무리 애를 써도 다가갈 수 없고 가까워지지 않는 그런 것을 향한 염원, 혹은 뜨거운 갈망, 섹스와 강간, 살인을 더한 날것 그대로의 서사와 문장으로 묘한 긴장감을 안겨준다. 세간의 비난과 찬사를 한꺼번에 받아온 이언 매큐언의 소설에 가장 합당한 의미를 부여한 것이 바로 장편소설 『속죄』가 아닐까 싶다. 『속죄』는 인간의 내면에 숨어 있는 무의식의 악마를 깨운 표본이라고 할 수 있으니.

이언 매큐언의 소설을 읽고 불편하다고 느낀 것은 아마도 감춰둔 진실을 들여다보게 하는 직설적인 문장 때문인 것 같다. 인간의 이면에 도사린 욕망과 폭력을 향한 잔혹성, 윤리와 도덕의 허울에 더하여 무의식에 깃들어 있는 병폐까지, 작가는 기괴한 실험성과 냉혹함으로 인간의 내면에 잠들어 있는 악마를 깨운다. 강간, 살인 외에 질이 나쁜 죄악을 다 모아놓은 것 같은 『첫사랑, 마지막 의식』을 읽고 작품 세계가 참 독특하다고 생각했다. 여동생을 강간하고(「가정 처방」), 어린 소녀를 터널로 끌고 가서 죽게 하고(「나비」), 보트가 뒤집혀 여자와 아기, 열두 살의 남자까지 다 죽는(「여름의 마지막 날」) 소설을 읽으며 내내 '이게 뭐지?' 하는 물음을 따라가게 되고, 소설 시작 부분에서 벌써 언제 또 무슨 일이 벌어질까 하고 가슴을 졸이게 된다. 인간의 어둡고 칙칙한 욕망의 그늘을 비춘 소설 속 인물들의 행위도 따지고 보면 우리가 뉴스시간에 자주 맞닥뜨리는 집단 무의식의 양상이라고 할 수 있다. 어째서 뉴스로 보는 것보다 소설로 보는 사건이 그렇게 생생하게 다가오는가.

『첫사랑, 마지막 의식』에 담긴 단편소설 「벽장 속 남자와의 대화」를 살펴본다. 주인공은 청년이 되도록 아버지를 본 적도 없고 가족이라곤 엄마뿐이다. 엄마는 하나뿐인 아들을 인형이나 애완용 동물 취급하며 씻기고 입히고 먹이며 집에 가둬놓고 꼼짝 못 하게 지킨다. 그는 열여덟 살이 되도록 말도 못 배웠고, 학교도 다니지 않았고, 신발 끈도 맬 줄 모른다. 엄마는 아들을 갓난아기 취급하며 아무것도 가르치지 않는다. 대소변 가리는 것도 막을 정도로. 덕분에 아들은 집에서 50m만 떨어져도 바지에 똥을 싸는 겁쟁이에 밥도 못 떠먹는 바보가 되었다. 아이는 열일곱 살이 되도록 제 힘으로 해본 것이 없다. 엄마에게 남자가 생기며 아이는 개처럼 버려졌다. 남자가 생기지 않았으면 엄마와 아들은 언제까지나 그렇게 살았을지도 모른다. 아들은 애완동물처럼 사육되며.

엄마 나름대로의 사랑법이라고 하기엔 다소 과장되고 지나친 감이 있지만, 소설 속의 상황이 아기 대신 동물을 품에 안고 다니는 현세대의 한 전형을 보는 것 같아서 씁쓸하다. '우리 아기, 엄마한테 와.' '우리 아기 오늘 잘 놀았어요?' 소설은 애완동물에게 집착하는 현세대들의 모습을 그대로 답습하고 있다. 진짜 아기는 여행 가방에 넣어서 죽이고 개나 고양이는 털끝만 잘못 건드려도 큰 싸움이 벌어질 판국이다. 그런가 하면 명절에 버려지는 개와 고양이의 수는 차마 헤아리기 어려울 정도다. 소설 속의 엄마에게는 아들이 사람이 아니라 개나 고양이에 지나지 않는다. 엄마가 아들을 사람으로 알았다면 그렇게 키우지 않았을 것이다. 벽장 속 남자의 애끓는 하소연을 들어본다.

난 자유롭고 싶지 않아요. 그래서 길거리에서 마주치는 아기들이 부럽습니다. 이불에 싸인 채 엄마 품에 꼭 안겨 돌아다니는 모습이. 나도 그러고 싶어요. 난 왜 그럴 수 없죠? 왜 나는 왔다 갔다 일하러 가고 식사 준비하고 살기 위해 수백 가지 일을 해야 합니까? 난 유모차에 타고 싶어요. (……) 다시 한 살이 되고 싶어요.

- 『벽장 속 남자와의 대화』 중에서

아무것도 가르치지 않은 엄마로 인해 정신지체아가 된 소년의 슬픈 고백이다. 정도의 차이일 뿐, 우리 주변에서 흔히 볼 수 있는 일이어서 새삼스러울 것도 없다. 티브이를 틀면 뉴스시간마다 듣는 얘기들인데, 소설에서 만난 사건이 뉴스와 다르게 느껴지는 이유는 뭘까. 원인을 따져보니 그 괴리감은 선입견에서 오는 것 같기도 하다. 현실은 무간지옥일망정 소설만이라도 무지갯빛 아름다운 서정으로 넘실대는 황금빛 들판이기를 바랐던 건지도 모른다. "다른 사람은 어떤 생각을 할까, 어떻게 느낄까 상상하는 것이야말로 인간성의 본질이며, 동정과 연민의 핵심이고, 도덕성의 시작이다." 작가의 그 말이 상상과 실제의 경계를 넘나드는, 어두운 욕망의 출처로 들린다.

참고자료

『속죄』, 이언 매큐언, 한정아 옮김, 문학동네, 2003.
『첫사랑, 마지막 의식』, 이언 매큐언, 박경희 옮김, medla 2.0, 2008.

물의 도시, 항저우

- 루쉰, 『납함』

새벽 4시

캄캄한 길 저쪽을 보며 택시를 기다렸다. 예상대로 택시가 잘 오지 않았다. 십오 분을 기다려 나타난 택시가 나를 못 본 척하고 휙 지나쳤다. 5시까지 문화예술회관 앞에서 만나기로 한 시간 약속을 못 지키게 될지도 모른다는 생각이 들었다. 택시가 나타났다. 손을 번쩍 들었는데 또 지나간다. 한참 만에 온 택시가 내 앞에 멈추었다. 밤새 일을 하고 자러 가던 중에 기사가 나를 보았다고 했다. 택시 잡기가 힘든 시간이라는 생각이 들어서 되돌아왔다고. 남을 배려하는 그 마음이 고마웠다.

"어디 멀리 가시나 봅니다?"

기사의 물음에 항저우 간다고 자랑을 했다. 소동파를 있게 한 항저우. 인천공항에서 항저우로 가는 비행기를 타야 한다니까 기사는 잘 다녀오라는 인사까지 해주었다. 즐거운 출발이었다. 중국의 7대 고도古都 중 하나라고 일컫는 항저우 방문이 뭐 그리 대수로울까마는, 이번 여행은 대구문협과 사오싱문협의 '한중 작가 교류'라는 중요한 자리가 마련되어 있었다. 그 중요한 임무가 내게 생소하면서도 설레는 경험이 될 것 같았다. 항저우는 루쉰문학관 때문에라도 한 번쯤 가보고 싶었던 곳이다.

한 분 두 분, 새벽 어스름을 뚫고 오신 선생님들이 버스 짐칸에 캐리어를 실었다. 그 캐리어를 보며 남자들도 그게 필요한가 하는 의문에 고개를 갸웃거렸다. 남자들이야 배낭에 칫솔과 갈아입을 옷 한 벌, 안경, 약 정도면 3박 4일의 짐으로 충분하지 않은가? 내 친구는 한 달 유럽여행을 가면서도 배낭 하나면 충분하다고 했다. 속옷은 뒤집어 입다 현지에서 조달하면 되고, 허드레를 모아두었던 양말 같은 건 신다 버리면 된다고. 여행 가방에는 노트북만 들어가면 된다는 친구의 말이 선입감이 되었던지, 나는 선생님들이 가볍게 배낭 하나만 들고 오실 줄 알았다. 그래서 부쩍 궁금해졌다. 저 캐리어에 담긴 남자들의 짐이 어떤 것인지. 중후한 모습의 노 시인 L 선생님이 캐리어에, 까만 노트북 가방까지 들고 나타났을 때 나는 하다못해 태블릿이라도 들고 올걸, 하고 후회를 했다.

문화예술회관에서 출발한 버스가 인천공항에 도착하기까지 꼬박 네 시간이 걸렸다. 긴 시간을 거쳐 항저우 편 비행기를 타고서야 비로소 원거리 여행을 가는 실감이 났다. 항저우까지는 불과 한 시간 반의 거리지만 인천공항까지 가는 길이 네 시간 거리여서 뭔가 거꾸로 되었다는 느낌이 들었다. 한 시간의 시차를 거슬러 항저우에 닿았을 때 가을 오후가 기울고 있었다. 양버즘나무의 잎사귀가 펄렁, 부채처럼 흔들리며 떨어졌다.

첫날은 중국에 들어온 것으로 다른 일정 없이 저녁을 먹고 쉬었다. 이튿날 밤에 준비된 한중 작가교류전을 위한 만찬에 깔끔한 정장을 입으라는 지시를 받았다. 아마도 선생님들이 캐리어를 끌고 오신 건 그 만찬에 입고 갈 정장 때문이었을 것이다. 저녁 식사 후 우리 일행은 호텔의 라운지에 모여 가볍게 맥주를 마셨다. H 선생님이 로비에 마련된 피아노를 치는 것으로 사뭇 고전적인 목요문학 모임의 분위기가 되었다. 그런 모임이 항상 그리웠다. 발자크가 향수 냄새를 풍기며 귀족가의 살롱으로 달려가던 목요일 밤의 문화가. 따지고 보면 시인, 소설가, 수필가, 화가, 평론가 선생님까지, 그야말로 다양한 커리어를 가진 분들의 모임이니 목요일 밤의 모임으로 더할 나위 없었다.

둘째 날, 우리 일행은 저녁 만남 이전에 사오싱〔紹興〕의 명소인 루쉰 생가를 방문하기로 했다. 가슴이 두근거렸다. 중국 현대문학의 상징인 루쉰을 만난다고 생각하니 생이 내게 의외의 친절을 베푼다는 생각이 들었다. 중국의 현대문학으로 머릿속에 얼른 떠오르는 책 제목이 가오싱 젠의 『영혼의 산』과 샨사의 『측천무후』다. 『허삼관 매혈기』로 유명한 위화도 있다. 『영혼의 산』과 『측천무후』는 문장으로 나를 매료시킨 작품이다. 가오싱 젠은 그 작품으로 노벨문학상을 받았고, 샨사는 『측천무후』로 세계적인 명성을 얻었다. 대표작을 남기는 건 모든 작가들의 뿌리 깊은 염원일 텐데, 언젠가 내게도 그 영화 같은 계획을 이룰 날이 올지 모르겠다. 탄력 있고 감칠맛 나는 문장에 집착하는 내 개인적인 취향으로는 가오싱 젠과 샨사의 작품이 먼저이고 루쉰의 소설은 그 다음이다. 그 별스런 집착 때문에 내가 인물 구성에 약한지도 모른다.

납함

루쉰 생가 입구에 카이저수염을 한 인물이 커다랗게 그려져 있고, 그 옆에 '루쉰고리〔鲁迅故里〕'라는 글자가 굵은 먹으로 씌어 있었다. 루쉰을 생각하면 얼른 떠오르는 것이 그 카이저수염일 텐데, 벽화 속의 루쉰은 연기가 피어오르는 담배를 손가락 사이에 끼고 정면을 응시하고 있었다. 그 냉철하면서도 단호해 보이는 눈길을 마주하니 괜스레 가슴이 서늘해졌다. 우리 일행은 루쉰의 벽화 앞에서 단체사진을 찍었다. 시간이 지나면 어느 날인가 우리가 본 것들이 기억에서 희미해질 것이다. 그날 우리가 본 것을 오래도록 돌이켜 줄 것으로 사진 말고 무엇이 있을까. 루쉰의 말대로 때로는 지나간 추억이 쓸쓸한 적막감을 안겨줄지 모르겠으나 그보다 더 많은 기쁨을 떠올려 주리라 믿어본다. 이날 우리는 깨어 있는 자를 보았으니.

루쉰이 『납함』의 「자서」에서 말했다. 무엇을 회상한다는 것은 사람에게 기쁨을 가져다주기도 하지만 때로는 적막감을 금치 못하게도 하는 법이라고. 그 말은 「자서」를 쓰며 느꼈을 루쉰의 마음을 단적으로 보여주는 것이기도 하다. 잠든 것을 깨우는 것만큼 어려운 일이 있을까. 그에게는 소설을 쓰는 일이 말할 수 없는 것을 말해야 하는 고통이 아녔을지. 아Q나 공을기 같은 인물을 통해 보여준 시대의 아픔과 참담한 삶의 진상이 그대로 중국의 실상이었으니, 그가 느꼈을 암담함과 참혹함을 그 이상 어떻게 표현할 수 있으리.

우리 일행은 버스를 타고 루쉰 생가로 이동했다. 날이 우중충하게 흐려 있었고, 양버즘나무 잎사귀가 흩날리는 거리로 오토바이가 휙휙 지나치고 비옷을 입은 사람들이 무리 지어 다녔다. 안방과 객실, 손님 접대방이 여럿 이어져 있고, 조곤조곤 옛 얘기를 들려주었을 조모의 침실과 종루, 백초원, 루쉰이 공부하러 다니던 삼미서옥과 전당포가 빠짐없이 구성되어 있었다. 아버지가 과거시험 부정에 연루되어 가세가 기울기 전까지 루쉰의 집은 나름대로 풍족하게 살았다. 그의 나이 13세 때에 아버지가 병석에 누우며 루쉰의 생이 바뀌었다. 그는 경제적 곤궁함을 견디다 못해 집안의 귀중품을 들고 전당포를 드나들었다. 루쉰은 서당선생의 사숙私塾에서 17세까지 글을 배웠다. 루쉰의 서당선생이었던 수회감壽懷鑒의 집이 바로 '삼미서옥'이라는 서당이었다. 삼미서옥三昧書屋의 삼미는 '경서를 읽음은 쌀밥을 먹는 것과 같고, 사서를 읽음은 고기요리를 먹는 것과 같고, 제자백가를 읽음은 양념을 먹는 것과 같다'는 독서의 세 가지 맛을 이르는 말이었다.

커다란 솥이 걸린 부엌과 덕수당을 지나 집 뒤뜰로 가면 넓은 텃밭이 있다. 지금은 풀뿐이지만, 친구들과 놀기도 하고 문학적 감성을 키우기도 했던 그곳을 루쉰은 백초원이라고 이름 지었다. 소설 속의 무대인 함형주점도 있다. 루쉰의 당숙이 개업한 주점인데, 소설 『공을기』 속의 주인공이 늘 찾아가던 곳이기도 하다. 잊을 만하면 찾아가 황주 한 사발을 들이키곤 했던 공을기. 그는 외상값 19전을 끝내 갚지 못했다. 루쉰이 1919년 북쪽으로 떠나기 전까지 살았던 생가는 루쉰 문학의 정신적 토대이기도 하거니와 시대의 절망에 대항한 루쉰의 문학 『납함』이 형성된 곳이기도 하다. 외친다는 뜻의 납함呐喊. 그것은 아편에 물들고 봉건질서에 함몰된 중국인들의 정신적인 혼돈과 우매함을 깨우려 했던 그의 안타까운 외침이었다. 루쉰의 첫 번째 소설집 『납함』이 간행된 것은 그의 나이 43세(1923년) 때였다. 루쉰의 「자서」에 실린 문장을 잠깐 살펴본다.

"가령 쇠로 된 방이 있다고 하세. 거기에는 창문도 없고 또 절대로 부숴버릴 수도 없는 그런 방이야. 그 속에는 많은 사람이 깊이 잠들어 있지. 그러니 머지않아 모두 죽을 판이야. 하지만 혼수상태에 빠져 곧장 죽음에 이르기 때문에 어떠한 고통도 느끼지 않는다고 치세. 그런데 자네가 마구 소리쳐 아직도 약간 의식이 맑아 있던 몇 사람을 깨우게 함으로써 불행한 몇 사람들에게 도저히 구원받을 수 없는 임종의 고통을 맛보게 한다면 과연 자네가 그들에게 잘한 것이라고 여길 수 있겠나?"

그가 말했다. 희망은 미래에 존재하는 것인 만큼 희망이 없다는 근거 없는 확신으로, 있을 수도 있는 희망을 꺾어버릴 수 없는 것이 아니냐고. 『납함』은 결국 희망 없음의 희망을 부르짖는 애타는 포효였다. 우리에게도 앞이 보이지 않던 그런 시절이 있었다. 일제 식민지 시대의 어둡고 암울했던 암흑기에 이상화와 정지용, 윤동주 등의 민족 시인들이 피를 토하듯 자아냈던 시! 그 절절한 시들이 바로 우리에게는 희망이 보이지 않던 시대에, 목이 아프게 외친 희망, 바로 그 『납함』이었다.

루쉰이 본격적으로 글을 쓰기 시작하며 처음으로 발표한 글은 『광인일기』였다. 『광인일기』는 루쉰 문학의 원형이라고 할 만하다. 소설 속의 광인은 미친 사람이 아니라 봉건에 반대하고 근대를 주장하는 계몽자의 상징적 의미이며, 아이러니적 성격을 띤 인물이라고 할 수 있다. 루쉰의 『광인일기』가 고골리의 『광인일기』에서 비롯되었다는 말이 있다. 루쉰은 자신의 글이 고골리의 것보다 울분을 보다 깊고 폭 넓게 폭로하였다고 말했다.

루쉰은 1편의 중편소설과 32편의 단편소설을 남겼다. 많다고 할 수 없는 양이지만 그 작품이 루쉰을 중국문학사의 중심에 우뚝 세웠다. 루쉰의 첫 번째 소설집 『납함呐喊』은 중국의 많은 작가와 학자들이 입을 모아 중국 현대문학 100년사의 최고 작품집으로 손꼽았다.

루쉰의 본명은 주수인周樹人인데 1918년『광인일기』를 발표할 때 처음으로 '루쉰'이라는 필명을 사용했다. 1902년에 그는 관비 유학생으로 선발되어 일본으로 진학했다. 1903년 5월에 그는 《절강조》라는 잡지에 개작한 번역소설『스파르타의 혼』을 처음으로 발표했다. 1904년 9월, 센다이의 의학전문학교에 입학한 그를 깨어나게 한 결정적인 사건이 생겼다. 세균학 수업 도중에 환등기로 영상을 보았는데, 거기 중국인이 처형당하는 장면이 있었다. 동족이 처형당하는 장면을 보는 것도 충격인데, 가장 잔인한 장면에서 일본 학생들이 박수를 치며 환호하는 소리에 그는 너무나 큰 충격을 받았다. 그 충격으로 그는 의학 공부를 중단하고 말았다. 그날 그는 잠들어 있는 민중을 깨워야 할 절대적인 필요성을 느꼈다. 우리의 민족 시인들이 피를 토하며 영혼의 시를 쓸 수밖에 없었던 것처럼 그렇게. 루쉰이 잠든 민중을 깨우기 위해 선택한 것이 바로 문학이었고, 문학을 통한 자국민의 계몽을 필생의 과제로 삼았다. 도쿄 유학시절에 가정 형편 때문에 귀국할 수밖에 없었지만 그때부터 그는 문학 작품을 통한 계몽을 목표로 외국작품을 중국어로 번역하는 일에 힘을 기울였다. 어리석고 나태함에 빠진 민족들에게 아편 대신에 책을 읽게 만들어야 했고, 젊은이들이 더 크고 넓은 세계로 나아가기를 바랐다. 그는 연이어 십여 편의 소설을 썼는데 그것이 『납함』이 되었다. 「자서」에서 그가 말한다.

"함성을 질러 적막 속을 달리고 있는 용맹한 투사들에게 다소나마 위안을 줌과 동시에 그들로 하여금 전진하는 데 두려움이 없도록 해주고 싶다."

소설가로서의 루쉰의 삶을 돌아보는 동안, 봉건적 사고방식과 퇴폐적인 악습에 찌든 민중의 나태함에 가슴 터졌을 그의 고통을 깊이 생각해 본다. 책을 훔쳤다가 나무에 매달려 두들겨 맞는 공을기가 이마에 퍼런 힘줄을 드러낸 채 항변한다. "책을 훔친 건 도둑이라고 할 수 없단 말이오. 책을 훔친 건 공부하는 사람의 일인데도 훔쳤다고 할 수 있나요?" 군자는 아무리 궁해도 지조를 굽히지 않는다는 공을기의 허황한 말 한마디에 술집 분위기가 쾌활해진다.

루쉰이 세상에 널리 알려진 데는 마오쩌둥의 역할이

컸다. 마오쩌둥은 루쉰의 문학을 혁명의 나침반으로 삼았다. 물론 루쉰이 중국문학의 중심이 된 것은 사후의 일이다. 1940년 마오쩌둥은 루쉰을 '중국 문화혁명의 주장主將'이라며, 위대한 혁명가이자 사상가로 규정했다. 공자가 봉건사회의 성인이라면 루쉰은 현대 중국의 성인이라고 높이 치하하며. 일본의 한 평론가는 혁명을 과제로 삼고 살아간 루쉰이 문학가 루쉰을 낳았다고 평가했다.

루쉰고리를 떠나 다음에 간 곳이 루쉰 박물관이었다. 박물관 입구에 글귀가 씌어져 있었다. "길이란 무엇인가? 그것은 길이 없는 곳을 밟아 생긴 것이며, 가시덤불을 개발해 낸 것이다." 박물관 전시실에 『광인일기』 원본이 전시되어 있고, 루쉰의 책과 데드마스크, 어릴 때의 사진들이 있었다. 중국 작가와 만나는 여행의 가장 큰 소임이 남아 있긴 하지만 루쉰 생가 방문만으로 여행의 목적을 이룬 느낌이었다. 우리와 체제가 다르고 이념이 다르고 살아온 삶의 방식까지 달라서 서로 이해되지 않는 부분이 있지만, 루쉰이 '아Q阿Q'와 '모군형제', 또는 '공을기'라는 인물을 통해 그들의 실상을 죄다 보여주었다. 이 세 가지 유형의 인물만으로 루쉰은 하고자 했던 말을 다 했다. 작가로서 소설 속의 인물을 통해서 한 나라, 한 시대의 모습을 그렇게 명료하게 말했다는 것만으로 루쉰은 충분히 중국현대문학의 정신이 될 만하다. 그가 의학도의 길을 버리고 문학으로 진로를 변경한 순간 중국은 문학의 정신을 일부 회복한 셈이다. 중국으로서는 더할 나위 없는 행운이었다.

루쉰 박물관을 둘러본 후 우리 일행은 찻집에 들러 녹차를 마셨다. 차를 마시며 우리 일행은 흩어졌다 모였다 하며 각자가 보고 온 것에 대해 담소를 나누었다. 나무로 된 창틀 너머로 우리가 무리 지어 다녔던 거리의 풍경을 보았다. 곳곳에서 찍은 사진을 서로에게 보내주기도 하며. 유리잔 속에 잎을 활짝 펼친 녹찻잎이 떠 있었다. 삭힌 두부 냄새가 찻집 창으로 새들었다. 기념사진이 우리에게 웃음과 즐거움을 주었다. 여행을 마치면 금방 일상으로 돌아가고 말 테지만 추억은 사진보다 오래 남으며 우리가 함께한 시간을 떠올려 줄 것이다.

밤이 되어 상가의 붉은 글씨가 전등에 훤히 빛날 때

쯤, 우리 일행은 사오싱시 문협의 작가들을 만나기 위해 호텔을 나섰다. 중국에는 붉은색이 많다. 간판이 온통 붉은 글씨로 어우러져 있다. 땅이 넓어서 그런지 건물도 크게 짓는다. 상하이 같은 번화가가 아녀서 항저우에는 아파트도 별로 없고 건물이 낮고 안정적이다. 소도시 특유의 안정적인 여유로움이 소동파의 문학적 바탕을 짐작하게 했다.

이윽고 저녁이 되어 중국 작가들을 만나러 갈 시간이 되었다. 먼저 나와서 기다리던 E 선생님의 차림새를 보고 속으로 깜짝 놀랐다. 양복을 정갈하게 차려 입으시고, 하얀 와이셔츠에 반짝이는 넥타이핀까지 장착하신 모습이 어찌나 신선해 보이던지. E 선생님의 캐리어에 곱게 접혀 있었을 양복과 와이셔츠의 모습이 머릿속에 훤히 그려졌다. E 선생님의 정갈한 모습이 얼른 옷깃을 여미게 했다. 어떤 상황이든 주어진 일에 최선을 다하고, 한순간도 처신에 소홀함이 없어야 한다는 진정한 프로의 모습을 보여주시는 E 선생님을 보며 이번 여행이 내게 숙지해 준 '겸손함'을 진솔하게 깨달았다. 어떤 순간이든 자기답게, 작가답게, 또한 프로다운 모습을 보여주시는 선생님에게서 나는 한 번도 진지하게 생각해 본 적 없는 '-답다'는 말에 담긴 철학을 통감했다.

통역을 맡은 학생들이 루쉰문학관으로 우리를 안내했다. 벽면 가득 루쉰 문학상을 받은 작가들의 사진이 붙어 있었다. '아, 여기도 글을 쓰는 사람이 이렇게 많구나!' 그 낯선 얼굴들이 괜히 반가웠다. 사오싱시 문협 회장을 비롯한 이사급 몇 명과 녹차를 마시며 한중 교류와 자매결연에 관한 얘기를 진지하게 주고받았다. 양측 회장들이 대표자 자격으로 조약서에 서명하는 것으로 대구문협과 사오싱문협의 자매결연이 이루어졌다. 통역사를 사이에 둔 만남이어서 대화가 자연스럽지는 않았지만 서로 하고 싶은 말을 전하는 데에는 무리가 없었다. 한국과 중국이 문학으로 만난 귀한 시간이었다. 웃는 모습이 부드러워 보이는 중국 시인에게 어떤 시를 쓰느냐고 물었다. 그는 자연에 관한 시를 쓴다고 했다. 자연을 노래하는 자연 친화적인 시를 쓴다고. 그에게 시집을 낸 것이 있느냐고 물었고, 그는 여덟 권의 시집을 냈다고 자랑스럽게 말했다.

사라진 난정서蘭亭序

다음 날 아침을 먹고 간 곳이 심원沈園이었다. 항저우와 사오싱은 물의 도시라고 해도 과언이 아녔다. 항저우에 서호가 있다면 사오싱에는 동호가 있다. 사오싱은 북경에서 운하로 이어지는 도시 중 가장 남쪽에 있는 곳이다. 사오싱을 걷다 보면 처마가 짧은 집과 집 사이로 녹색 빛이 짙은 수로가 흐르는 것을 볼 수 있다. 이른 아침에 호텔에서 가까운 수로로 다가가 물을 내려다보았는데 커다란 물고기가 펄쩍 뛰어올랐다. 자잘한 올챙이가 떼 지어 다니기도 했다. 물빛이 짙은 수로가 도시 전체를 휘감고 도는 풍경을 보고 다녔다. 서호와 동호로 나가면 손과 발로 노를 젓는 오봉선이 떠다닌다는데 일정이 바빠서 다 둘러보지 못했다.

일행이 수로를 따라 느적느적 걸었다. 가을 끝 무렵의 여남은 나뭇잎이 녹빛 짙은 수로에 떠다녔다. 수로가 길게 이어진 둔덕을 따라 걷는 동안에 가을의 마지막 모습과 거리 풍경, 세월 따라 오래도록 퇴색된 주택의 풍광을 살피며 이게 바로 여행이구나, 하는 감동에 젖었다. 수로를 따라 걷다 보니 어느새 심원沈園이었다.

'심원'은 육유가 죽은 전처 당완을 애도한 시의 제목

이기도 하고 정원의 이름이기도 하다. 사방의 글귀가
모두 한자여서 설명을 듣지 않고는 좀체 짐작하기 어
려운 내용인데, 다행히 중국 문화에 밝은 M 선생님이
자세히 설명해주셨다. 육유는 모친의 강요로 아내 당
완과 억지 이혼을 한 후에도 변함없이 그녀를 사랑했
고, 당완이 시름시름 앓다 죽고 난 후에 읊은 육유의
시 '차두봉釵頭鳳'이 그들의 간절한 사랑을 담은 채 심
원의 벽에 새겨져 있다. 정원에 '단운斷雲'이란 글귀가
씌어 있는 돌이 놓여 있다. 두 쪽으로 갈라지다 만 돌
이 육유와 당완의 이루지 못한 사랑을 말한 것이라는
사실을 M 선생님의 설명을 듣고 알았다.

　대숲이 자욱한 정원을 돌아보는 동안 생각이 많아졌
다. M 선생님은 그렇게 오래 관리해 온 역사적인 정원
이 너무 부러워서 작으나마 정원을 가꾼다고 했다. 그
림을 그리는 분다운 깨달음이고 통찰이었다. 진도에
남종화의 산실인 운림산방이 있다. 매화와 동백, 배롱
나무를 사랑하셨다던 소치 허련 선생님의 고요하고 정
갈한 정원이 얼른 생각났다. M 선생님의 말대로 우리
에게도 귀하디귀한 시인이 많은데 시인을 기념하는 아
름다운 정원을 갖지 못한 것이 못내 아쉽다. 곳곳마다

문학 기념관은 있지만 삭막하게 건물만 달랑 놓여 있을 뿐 조용히 거닐 수 있는 공간은 물론이고 엉덩이를 붙이고 머무를 수 있는 돌 하나 놓인 곳이 없어서 관람객들은 의례적으로 문학관을 한 차례 휘둘러보고 나가기 일쑤다. 스치고 지나가면 못 보는 것이 너무 많다. 곳곳마다 문학 기념관을 짓느라 분주하지만 수십 년 수백 년을 두고 전해질 자연 친화적인 문학정원이 절실히 필요한 현실을 아프게 깨달았다. 자연과 어울려 깊이 생각할 수 있는 공간 한쪽 남기지 않고, 그저 보이는 것에만 치중하는 높은 건물의 숲과 삭막한 현실이 후에 어떤 역사를 남기게 될지.

심원 다음에 간 곳이 난정蘭亭이었다. 거리에 부채를 파는 곳이 많았다. 왕희지가 부채를 파는 할머니에게 시를 써주어 가난을 구했다는 사례가 전해지며 왕희지와 부채는 떼어놓을 수 없는 관계가 되었다. 왕희지 부자가 썼다는 아지비와 왕희지가 붓을 씻었다는 묵지墨池를 지나서 난정으로 갔다. 꽥꽥거리는 거위 울음소리가 우리를 맞았다. 연못 건너 대숲을 등지고 유유히 노니는 거위의 악다구니가 정원에 생기를 더했다. 왕희지가 거위를 좋아해서 거위와 서예작품을 맞바꾸었다는 유명한 에피소드가 있다. 산음의 어느 도사가 거위를 여러 마리 기르고 있었는데, 왕희지가 도사에게 거위를 한 마리 팔라고 했다. 도사가 '황정경黃庭經'을 써주면 거위를 주겠다고 하자 왕희지는 그 자리에서 해서楷書로 황정경을 써주고 거위를 조롱에 담아왔다. 일부의 학자는 거위의 걸음걸이와 날갯짓이 왕희지의 서체에 영향을 미치지 않았을까 짐작하기도 했다.

난정의 개울에 맑은 물이 졸졸 흐르고 있었다. 물이란 참 오묘하고도 신비로운 것이다. 존재 자체로 사람들을 온유하고 부드럽게 해주니. 졸졸 흐르는 물소리와 물가에 놓인 돌이 사람들을 그 자리에 불러 앉혔다. 왕희지가 영화 9년 3월에 동진을 대표하는 문인들을 불러 모아 유상곡수 시연회를 재현했다. 흐르는 물에 귀가 달린 술잔을 띄우면 구불구불 흐르는 물을 따라 흐르다 누군가의 앞에 잔이 멈춘다. 그러면 그 자리에 앉아 있던 사람이 술잔을 받고 시를 짓는데, 만약 시를 짓지 못하면 서 말의 벌주를 마셔야 했다. 그날 난정의 모임에서 왕희지를 비롯한 26명의 시인이 즉석에서 시를 지었다.

이날의 수계에서 지은 36수의 시가 책으로 묶여 지금까지 전해지고 있다. 왕희지가 그 시집에 28행 324자의 서문을 썼는데, 그 서문이 바로 수많은 모사품을 낳은 것으로 유명한 난정서蘭亭序이다. 이 난정서를 두고 양나라 무제는 용이 도약하고 호랑이가 누워 있는 것 같다고 했다. 당태종이 왕희지의 글을 너무나 사랑해서, 승려 변재가 갖고 있던 난정서를 속임수로 손에 넣었다. 당태종은 당대의 명필들을 모아 10여 장의 모본을 만들어 고관대작들에게 나누어주었다. 난정서 진본을 자신이 갖고 혼자만 몰래 꺼내보던 당태종이 죽을 때 그것을 부장품으로 갖고 가며 난정서의 진본이 영원히 사라졌다.

주위에 높이 자란 무림수죽이 깊은 그늘을 드리울 무렵 호텔로 돌아왔다. 그날 밤, 우리 일행은 미리 준비해 온 정갈한 옷으로 갈아입고 중국 작가들과 다시 마주앉았다. 일행이 두 개의 탁자에 나눠 앉아서 조촐한 저녁을 먹으며 지난밤에 못다 한 얘기를 주고받았다. 조약을 체결한 지난밤이 자매결연을 위한 딱딱한 만남이었다면, 여행일정 마지막 날 밤의 조우는 작가와 작가의 순수한 만남이었다. 따지고 보면 그 순수한 만남

이야말로 우리 일행이 중국을 방문한 진짜 이유이기도 했다. 50도나 되는 술이 들어오고 식탁의 회전판이 돌며 부지런히 음식을 실어 날랐다. 두 번째 만남이어서 다소 어색함이 가시긴 했지만 언어의 소통불능은 여전해서 도중에 말이 끊기곤 했다. 50도나 되는 술을 겁 없이 들이키고도 별로 취한 듯 보이지 않는 사오싱문 협 회장의 웃음소리가 엉성한 소통의 틈새를 메웠다. 술자리가 무르익으며 항저우의 마지막 밤이 그렇게 저물었다.

돌아오는 비행기에 오르며 생각했다. 이번 여행은 루쉰을 만난 것으로 충분히 만족스러운 시간이었다고. 그냥 한 권의 책을 읽는다는 것과 작가의 영혼을 만난다는 건 의미가 다르다. 아직 완전하지는 않지만 더 깊이 생각하며 철학하는 자세를 배우게 된 것만으로 내게는 귀한 시간이었고, 멋진 여행이었다. 나는 한 시간의 시차를 헤치고 나아가는 비행기 날개를 보며 혼잣말을 중얼거렸다. 어디든 부지런히 다니며 많이 보고 많이 느껴야 글감이 자연스럽게 떠오른다고.

참고자료

『노신 평전』, 임현치 지음, 김태성 옮김, 실천문학사, 2006.
『왕희지 평전』, 궈롄푸 지음, 홍상훈 옮김, 연암서가, 2016.
전형준 논문 〈소설가로서의 루쉰과 그의 소설 세계〉, 중국
현대문학.

유월의 어느 시간들

지은이 | 장정옥

초판 발행 | 2020년 11월 10일

펴낸이 | 신중현
펴낸곳 | 도서출판 학이사
출판등록 | 제25100-2005-28호

대구광역시 달서구 문화회관11안길 22-1(장동)
전화_(053) 554-3431, 3432   팩시밀리_(053) 554-3433
홈페이지_http://www.학이사.kr
이메일_hes3431@naver.com

ISBN_979-11-5854-270-2   03810